Littérature d'Amérique

Le Pendu de Trempes

De la même auteure

Projections, (en collaboration avec la photographe Angela Grauerholz), Québec, J'ai vu, coll. L'image amie, 2003, 63 p., photos.

Le ravissement, Québec, L'instant même, 2001, 213 p.
   Prix littéraire du Gouverneur général 2001, catégorie «romans et nouvelles».
   Prix littéraire des collégiennes et des collégiens 2002 (Collège de Sherbrooke).

Les derniers jours de Noah Eisenbaum, Québec, L'instant même, 1998, 139 p.

Alias Charlie, Montréal, Leméac, 1994, 152 p.

Portrait d'après modèles, Montréal, Leméac, 1991, 157 p.

La Femme de Sath, Montréal, Québec Amérique, 1987, 155 p.

Andrée A. Michaud
Le Pendu de Trempes
roman

QUÉBEC AMÉRIQUE

Données de catalogage avant publication (Canada)

Michaud, Andrée A.
Le Pendu de Trempes
(Littérature d'Amérique)
ISBN 2-7644-0376-3
I. Titre. II. Collection : Littérature d'Amérique.
PS8576.I217P46 2004   C843'.54   C2004-941500-X
PS9576.I217P46 2004

 Conseil des Arts du Canada **Canada Council for the Arts**

Nous reconnaissons l'aide financière du gouvernement du Canada par l'entremise du Programme d'aide au développement de l'industrie de l'édition (PADIÉ) pour nos activités d'édition.

Gouvernement du Québec – Programme de crédit d'impôt pour l'édition de livres – Gestion SODEC.

Les Éditions Québec Amérique bénéficient du programme de subvention globale du Conseil des Arts du Canada. Elles tiennent également à remercier la SODEC pour son appui financier.

L'auteure remercie pour sa part le Conseil des Arts du Canada et le Conseil des arts et des lettres du Québec pour leur soutien financier.

Québec Amérique
329, rue de la Commune Ouest, 3ᵉ étage
Montréal (Québec) Canada H2Y 2E1
Téléphone : (514) 499-3000, télécopieur : (514) 499-3010

Dépôt légal : 3ᵉ trimestre 2004
Bibliothèque nationale du Québec
Bibliothèque nationale du Canada

Mise en pages : André Vallée
Révision linguistique : Diane Martin

Prologue
L'œuvre du temps

Il est assis au sommet de la colline, immobile au point qu'on le dirait là depuis toujours et pour toujours. Son œil, pourtant, est traversé d'un éclat indiquant la survie du regard, la persévérance de l'âme au-delà des déchirures mortelles et de l'effondrement des mondes. Devant lui, s'étale un village qu'on dirait également statufié, figé dans le temps de la pierre et de la mort, sans feu dans les âtres, sans fleurs dans les jardins, que des restes desséchés de vignes et de rosiers, pétrifiés par le gel de la dernière saison. Tout cela n'est cependant qu'illusion, vision prémonitoire de la mort successive de toutes choses rassemblées dans l'instant de la fin. C'est donc le temps qu'il voit, ses confins et son œuvre.

Mais cela ne dure pas. Un souffle de vent venu de la vallée efface la vision et la figure hiératique de l'animal se détend. Un oiseau plane au loin. Un lièvre effarouché redécouvre la peur, puis l'animal décrit un large cercle et s'assoit de nouveau face au village dont une force qui lui échappe lui a confié la garde. En fait, l'animal ne connaît même pas l'existence de cette force. Il sait qu'il doit rester sur la colline et emplir sa mémoire de ce que le temps détruira, avec l'aide et la hâte inespérées de l'homme. Il est celui qui voit, enregistre la simultanéité de certains mouvements, la collision des vents, le synchronisme de malheurs dont l'intervention du hasard aurait pu empêcher l'avènement.

Il voit un homme anxieux, au volant de sa voiture, s'engager sur la route sinueuse bordant un lac. Il le voit descendre près du lac, interroger ses profondeurs encore muettes, puis du lac aller jusqu'à la rivière où les heures ont cessé de couler. Et l'animal comprend, dans le trajet de l'homme, que celui-ci veut retourner vers le passé. Alors il descend. L'animal descend de la colline et va à la rencontre de l'homme anxieux, qu'il doit aider à franchir les sinuosités du chemin qu'il emprunte, qu'il doit guider dans la forêt où il s'égarerait rapidement, car cet homme qui s'en va vers le passé, l'animal le comprend aussi, ne sait pas qu'il a oublié le temps.

À Harvey, qui se trouve je ne sais où, avec toute sa souffrance, à Hervé et Irving, morts pour avoir voulu faire durer la lumière, à Humphrey, qui m'a soufflé cette histoire, à mon frère, qui était avec moi le jour où ma vie a croisé celle d'Humphrey, à mes trois sœurs et à ma mère, aux fantômes de notre maison, à Maurice et Mauricie, que je n'ai jamais pu distinguer l'un de l'autre, à Henri le timide, enfin, puis aux arbres, aux chênes, aux ormes d'Amérique, aux oiseaux des marais et des rivages, aux roseaux des rivières.

« *Tenebra Deus est. Tenebra in anima post omnem lucem relicta.* » (*Dieu est une ténèbre. Il est la brusque ténèbre qui envahit l'âme après toute lumière.*)

Pascal Quignard,
Les Ombres errantes

Première partie
Dieu est ténèbres

1

Le soleil baissait à l'horizon, affadi de nuages jaunâtres hésitant à s'évaporer. Je n'étais à Trempes que depuis soixante-douze heures et, déjà, j'avais l'impression que le soleil n'y arrêtait jamais sa chute, que chaque jour était un jour déclinant dès l'aube, sans promesse d'avenir. Devant moi, la diagonale tracée par l'ombre du pendu m'indiquait qu'il était quatre heures à l'heure solaire, cinq heures à l'heure des hommes, ce qui n'avait d'importance que dans la mesure où je conservais l'illusion d'un peu plus de clarté. Plongé dans un état que certains qualifieraient de contemplatif, mais qui n'était qu'une forme d'engourdissement né de l'incompréhension, je la voyais s'allonger lentement sur l'herbe de la clairière, se confondant avec l'ombre formée par la masse touffue du chêne où le corps du pendu oscillait, à peine secoué par le vent soulevant sa chevelure et faisant choir au sol les premières feuilles que la gelée d'un automne précoce avait fait brunir avant terme.

« Je n'accepterai de mourir que le jour où j'aurai eu la preuve de l'existence de Dieu », m'avait-il dit en ses propres termes environ vingt-cinq ans auparavant, inconscient de la témérité d'un tel engagement et du danger d'attiser ainsi la colère de celui dont il défiait la loi. *Cela se passait peu de temps avant les événements que je narrerai si je parviens à me maintenir à l'heure des hommes, peu de temps avant qu'il ne conclue, dans l'éblouissante lumière d'un autre soleil déclinant, que l'essence divine s'abreuvait aussi aux sources du mal. En assimilant Dieu et son contraire, il avait enfin obtenu la preuve qu'il espérait, cette illumination des saints qui lui avait permis de s'en aller avec la certitude que le monde des mortels ne constituait que l'aube d'une incontournable éternité.* C'était la dernière parole que j'avais retenue de lui. Quelques mois plus tard, je quittais le village avec mes parents assombris par je ne sais quelle hantise, et plus jamais je n'avais eu de contact avec cet ami d'enfance, ce frère dont le sang, malgré qu'il ne fût pas le mien, coulait néanmoins dans mes veines. Il était entré dans les ordres, m'étais-je laissé dire, pendant que, livré à moi-même, j'avais expérimenté le chaos. Lorsque je le revis enfin, après toutes ces années de fuite et d'obscurité, il pendait au bout d'une corde, à la lisière de ce que j'ai nommé la piste du coyote, près de la rivière aux arbres morts, à trois cents kilomètres du lieu où j'aurais dû me trouver, le cou abîmé par le jute ayant creusé dans sa chair un sillon rougeâtre marquant avec insistance la frontière entre la tête et le corps, le siège de l'esprit et celui de l'âme, où des douleurs irréconciliables étaient peut-être à l'origine du besoin d'étrangler le souffle animant l'un et l'autre.

Il était également possible que la colère de Dieu se soit abattue sur lui, me disais-je en regardant le soleil raser sa chevelure éparse, révéler la blancheur cireuse de la peau du crâne anémiée par la privation de lumière, ou qu'il ait résolu ce mystère que la foi véritable ne cherchait pas à expliquer et voulu, maintenant qu'il ne pouvait plus douter du fait que l'anarchie du monde était régie par une volonté divine, avoir la confirmation que l'enfer existait aussi et qu'y étaient précipités tous ceux commettant le sacrilège d'attenter à leur vie. Or, quelle qu'ait été la révélation ayant conduit Paul Faber à la potence, je n'avais pour ma part aucun doute quant à l'existence de l'enfer, qui se matérialisait sous mes yeux à travers la nuée de mouches vrillant dans un incessant bourdonnement les plaies ouvertes dans sa peau tuméfiée par les becs acérés des corneilles.

~

Je n'ai jamais compris, en fait, ce que pouvait avoir de sacrilège un geste n'ayant d'autre but que de précipiter plus rapidement l'homme vers Dieu. Je me suis toujours demandé ce que pouvait avoir de sacré la vie d'un mortel n'arrivant plus à se considérer comme faisant partie des vivants. Je n'accrédite pas la violence de certains désarrois, je m'interroge seulement sur le prix de la vie au regard de son poids, et je ne crois pas que ce prix s'élève en proportion de la lourdeur.

~

La rivière aux arbres morts étend ses méandres sur environ deux kilomètres de terres continuellement inondées depuis maintenant quinze ans. C'est le premier endroit vers lequel je me suis dirigé en arrivant à Trempes, ignorant que cette rivière, dont même les crues n'agitaient jadis le cours tranquille que de légers remous, avait fini par abdiquer, laissant ses eaux lasses envahir peu à peu ses rives et noyer les arbres qui l'avaient si longtemps abritée.

Lorsque je garai la voiture près du petit pont de bois l'enjambant, je ne reconnus rien, et aucun des souvenirs dont j'avais espéré un certain apaisement ne surgit de cette étendue d'eau apparemment immobile. J'avais devant moi un paysage condamné par sa langueur, semé de troncs sombres sur lesquels subsistaient ici et là des bouts sectionnés de branches mères, pareils à des bras amputés levés au ciel en un geste d'inutile supplication, puisque jamais le ciel ne redonnerait vie à ces statues que l'eau avait décapitées.

Je restai là quelques instants, subjugué par la beauté de ce tableau où l'eau avait créé son propre désert et où la mort semblait empreinte d'un calme que le vent ne savait atteindre, puis je contournai le pont et m'assis sur un empilement de pierres probablement érigé par des enfants dont la joie s'ancrerait dans ce décor désolé ne pouvant cependant rien me révéler de ce que j'avais été trente ans plus tôt, quand je me cachais sous les feuillages avec Faber pour guetter la venue de monstres mi-aquatiques mi-terrestres, avaleurs de reflets et d'algues brunes. *Nous avions inventé ces monstres, je crois, pour justifier la peur que nous inspirait parfois l'inquiétant silence de la rivière, puis nous avions ensuite conçu, inconscients du pouvoir que nous leur conférions, que ces créatures savaient pousser le vent et les nuages pour happer nos reflets, avaler nos regards rivés sur les remous inexpliqués frappant les joncs.* C'était là, près de cette rivière aujourd'hui languissante, que j'avais commencé à perdre mon visage, à douter de mon identité dans l'ombre de Faber, qui se trouvait toujours quelques pas devant moi, quelques pas immenses, debout dans la pleine lumière.

J'étais absorbé dans ces pensées où la nouvelle ombre de Faber envahissait déjà la mienne, me demandant si la rivière, au terme de son lent renoncement, consentirait à me restituer mon reflet d'autrefois, lorsque je fus tiré de ma rêverie par les cris assourdissants des corneilles, provenant de derrière la cime d'un groupe de pins faméliques que la rivière n'avait pas encore tout à fait atteints. Je levai les yeux et vis qu'au-dessus des arbres, sept ou huit d'entre elles décrivaient un cercle se rétrécissant, comme si elles avaient cherché à se poser au faîte d'une construction invisible, tour, donjon, clocher, mais je connaissais trop bien la voracité des charognards pour ne pas deviner la présence d'un festin auquel elles attendaient de prendre part. Il devait y avoir là, dans l'espace où aurait pu s'élever le donjon, les restes d'une bête abandonnée par ses prédateurs. À en croire l'agitation des corneilles, il s'agissait sûrement d'une proie de taille, un vieux cerf, peut-être, qui avait rendu l'âme après s'être blessé et s'était laissé choir sur le sol dans un soupir fiévreux, épuisé d'avoir traîné son flanc ouvert dans une forêt devenue méconnaissable, à moins qu'il n'ait été cerné par des coyotes affamés et renoncé à se défendre, préférant l'attaque rapide des crocs à la souffrance lancinante qui aurait de toute façon raison de lui.

Je me représentai alors l'œil mouillé du cerf dans son énorme tête, les soubresauts de son corps soumis à la torture, l'œil effaré du cerf entouré du grognement des coyotes dont la gueule s'ensanglantait à mesure que s'ensanglantait le pelage de l'animal sacrifié, et je fus envahi d'un engourdissement dont je sais aujourd'hui qu'il n'était que la résurgence d'anciennes frayeurs, pendant que le décor m'entourant vacillait, ainsi que devait vaciller l'esprit nébuleux de la bête, où s'effaçaient à une folle vitesse toutes les images d'une vie traquée, dans l'explosion des coups de feu assourdissant l'automne. Puis, à l'évocation de la fusillade, mon esprit chancela aussi et je pris conscience de l'intensité de la douleur qui m'avait amené près de cette rivière, plus mort que vif, avec au flanc une déchirure par où s'écoulaient mes forces. *Que dire de ma douleur sinon qu'elle est celle d'un homme, d'un enfant devenu un homme sans s'en rendre compte, par la force d'événements*

lui échappant, distrait par le cri des oiseaux, le bourdonnement
des mouches le poursuivant, le piaillement des mouches, oui, le
piaillement des mouches se mêlant à son cri. Que dire de ma
douleur sinon qu'elle n'a d'autre cause que ce désir insensé qui
fonde l'homme et le pousse à ces extrêmes qui sont encore le
propre de l'homme. Elle a dû naître un soir de juin, je crois,
devant la beauté de l'été, la beauté blanche des filles en tenues
écourtées. Et s'étendre à un soir d'octobre. Les bicyclettes au loin
tournoyaient dans la nuit. Les bicyclettes et leurs fanions, sur des
pentes interminables où Faber avait décidé de ne plus s'envoler.
Au même moment, venu d'un étroit sentier, un coyote détala
près de moi et traversa la route la queue entre les jambes, de
sa démarche de chien battu, effrayé par je ne sais quelle apparition. Au loin, les corneilles croassaient toujours, indifférentes
à mon tourment et à la fuite du coyote.

Je compris alors que la dépouille autour de laquelle
planaient les corneilles ne pouvait être celle d'un cerf ni de
quelque autre animal mort naturellement, que le coyote avait
préféré la faim qui le tenaillait à la vision qui avait rassemblé
les corneilles. Sans réfléchir plus avant, je suivis son instinct,
je retournai à ma voiture et repris le chemin de la ville, tout
en sachant que je reviendrais, que ma retraite était une feinte,
une simple façon de repousser le moment où je devrais affronter
ce qui m'attendait au bout du sentier du coyote, mon ami
Paul Faber, que je n'avais plus revu depuis l'enfance.

∼

Il me faudrait encore faire plusieurs détours avant d'aboutir à
la clairière du pendu, mais je m'en approcherais lentement, en
décrivant autour de cet espace des cercles concentriques pareils
aux ronds formés par un caillou lancé dans l'eau d'une rivière.

Puisque j'allais vers le passé, je suivrais l'onde du ressac, j'irais des cercles les plus larges jusqu'au cœur du caillou.

~

Je ne fis qu'une cinquantaine de kilomètres avant de m'arrêter dans un motel où ma chambre serait aussi froide que la clé déposée dans ma paume par la main grasse de la gérante. J'y passai la nuit devant la fenêtre, à grelotter en guettant les phares des automobiles, qui semblaient toutes aller dans la même direction, à l'opposé de Trempes. Au matin, ma décision était prise, je ne suivrais pas les phares, je retournerais à Trempes, puisque c'était dans l'obscurité que ma vie s'était déroulée. Je refis donc le trajet à l'envers, sur la route déserte, et me rendis directement à la rivière. À la différence de la veille, tout y était calme, les corneilles étaient parties, le vent bruissait doucement et quelques oiseaux tranquilles chantaient dans les feuillages. Je pris néanmoins le sentier du coyote qui, si mon sens de l'orientation ne m'abusait pas, me mènerait droit au pied du donjon autour duquel s'agitaient les corneilles avant la nuit. *Or mon sens de l'orientation n'était pas seul en cause. Une bribe de ma mémoire enfuie, que je nommerai la part instinctive de l'oubli, m'avait conduit près de la rivière aux arbres morts, que je ne savais pas encore telle, et m'aurait ensuite mené dans ce sentier, quels que soient les signes auxquels je m'accrocherais pour justifier l'inconséquence de mes gestes. Quant à la survenue du coyote, elle n'avait fait qu'accélérer de quelques heures, de quelques jours, une autre inéluctable apparition.* Je m'étais à peine engagé dans le sentier que je vis devant moi une forme sombre, étendue au milieu de la piste, à côté d'un halo de soleil pâle. Je crus d'abord qu'il s'agissait d'un accident du terrain, d'un tas de branches, d'un objet abandonné par des promeneurs, mais quand le halo se déplaça sous l'effet d'une brusque poussée du vent, je reconnus le coyote, mort de faim ou d'un mal étrange, pensai-je, d'un de ces maux de la forêt dont nous ignorons la virulence, qui attaquent la chair, les entrailles, l'esprit des animaux chétifs. Je m'approchai avec précaution, retenu par cette peur irrationnelle qu'un mal inconnu attaque également mes entrailles, et vis ce dont seule la barbarie des hommes était capable. Ce coyote, qu'un instinct de survie en rien différent du mien avait conduit dans ce sentier, n'avait plus que trois pattes. La dernière n'était qu'un moignon sanglant qu'avait grugé l'animal pour se libérer d'un piège dont les mâchoires s'étaient refermées sur sa course, et il s'était dirigé vers ce lieu familier, au prix de douleurs que j'imaginais atroces, dans l'espoir, peut-être, d'aller jusqu'au ruisseau qui coulait près de là pour y engourdir et y laver sa plaie. Ses forces ne lui avaient cependant pas permis de s'y rendre, et il allait mourir sans avoir senti la fraîcheur de l'eau.

Ce qui s'est passé ensuite, j'ai du mal à le concevoir, je crois que j'ai voulu lui donner au moins cela, la fraîcheur de l'eau, pour lui faire oublier la cruauté des hommes, mais que je n'ai pas pu, que le coyote a refusé. J'entends seulement ses grognements, puis mon cri de stupeur quand ses crocs ont tenté de se refermer sur mon bras. Je revois ma détresse, puis sa souffrance, qui laissait un filet d'écume rousse au bord de sa gueule. Je me revois fouillant les abords du sentier, y trouvant un bout de branche morte, puis frappant, frappant, frappant, pour que cesse enfin cette agonie (*à coups de bâton, moi que la moindre violence révulsait, je me vois encore tuant un être souffrant à coups de bâton*). J'entends ensuite une plainte éraillée, surgie de son ventre ou du mien, inhumaine, puis plus rien, que ma respiration haletante et rauque pendant que je l'emportais au ruisseau.

Après, j'ai quitté le sentier en trébuchant et je suis retourné m'agenouiller près de la rivière, où j'ai pleuré toutes les larmes que j'avais retenues, me semble-t-il, dans ma vie d'homme, toutes ces larmes qui continuaient de brouiller le reflet de l'enfant que j'avais été. Puis j'ai regagné ma voiture, poursuivi par les corneilles qui avaient recommencé à croasser, et j'ai roulé sans autre but que de faire taire les grognements du coyote, pour enfin me rendre compte que je m'étais perdu au détour de routes qui m'étaient devenues étrangères. Alors je me suis garé, j'ai éteint les phares, et me suis allongé sur la banquette arrière. Par la fenêtre, je pouvais voir les étoiles dans le ciel clair, dans l'immensité du monde, puis j'ai aperçu une étoile filante, qui chutait derrière la forêt, et j'ai fait le vœu que mon séjour à Trempes soit à l'image de ce ciel. Je savais pourtant, intimement, qu'il n'en serait rien, je l'avais lu dans les yeux du coyote. Avant de m'endormir, j'ai quand même murmuré cette comptine apprise à l'école, *star light, star bright, first star I see tonight, I wish I may, I wish I might…*, puis la nuit est tombée sur ma conscience.

~

Les heures que je passai recroquevillé sur la banquette arrière de ma voiture furent traversées de cauchemars dans lesquels la mort et le sang coloraient les pâles paysages de mon enfance, et je m'éveillai dans cet état de confusion qui s'empare de vous lorsque vous ouvrez les yeux sur un décor qui vous est totalement inconnu. Cela m'était arrivé maintes fois dans des chambres d'hôtel, des maisons anonymes où des odeurs de sexe, dans les draps en pagaille, se mêlaient aux parfums artificiels qu'utilisent les femmes pour mieux vous rendre fou. Cela s'était aussi produit chez moi, dans cet endroit que je nommais chez moi sans y croire, au retour de ces inutiles voyages durant lesquels les lieux s'étaient rapidement délestés de ma présence. Or, quand le soleil me tira de ma torpeur ce matin-là, ce n'est pas seulement le décor que je ne reconnus pas, mais ce long corps courbaturé étendu devant moi, qui semblait séparé de ma conscience, ou plutôt de cette conscience nauséeuse ignorant son identité. Je palpai mes vêtements froissés, à la hauteur du ventre, là où la faim faisait un trou, puis, à la vue de l'ourson pelé accroché à mon rétroviseur, mon esprit réintégra mon corps et je me rappelai qui j'étais, où j'étais et pourquoi j'y étais. Les motifs de ma présence à Trempes me semblaient cependant moins clairs, et ma première réflexion de la journée fut de me demander ce que j'étais réellement venu faire dans ce pays où rien de ce qui me définissait ne pouvait avoir survécu. Au moment où je vis le sang séché du coyote sur mes mains et mes vêtements, tous les événements des dernières quarante-huit heures me revinrent en mémoire, le croassement des corneilles près de la rivière aux arbres morts, la fuite apeurée du coyote, la branche qui s'était violemment abattue sur sa tête, puis ma propre fuite, enfin, jusqu'à cette route déserte où j'avais passé la nuit, et je refusai de voir dans cette suite d'images trop bruyantes les premiers éléments de la réponse que j'attendais.

Mon séjour augurait mal, c'est tout ce que je voyais, et les étoiles, je le savais, demeureraient sourdes à tous mes vœux, ainsi que Dieu demeure sourd aux prières des hommes. « Seul le hasard exauce les prières », pensai-je en regardant le ciel vidé des lueurs de la nuit. Mes illusions, mon voyage à peine amorcé, commençaient déjà à vaciller, et je sortis de la voiture pour me dégourdir un peu et chercher de quoi nettoyer ce sang sur mes mains. Je n'avais pas fait dix pas que j'entendis de nouveau les corneilles et aperçus devant moi la rivière immobile. J'avais donc tourné en rond et, sans m'en rendre compte, étais revenu à mon point de départ. *Contrairement à ce que je croyais, je ne m'étais pas égaré, mais avais inconsciemment roulé vers l'unique lieu où j'étais susceptible de me retrouver.* Machinalement, je me dirigeai vers le sentier, où les traces de sang encore visibles sur les feuilles mortes me prouvèrent que je n'avais pas rêvé tout cela, que le sang maculant mes mains venait de ce sentier. Ce qui suscitait l'excitation des corneilles ne pouvait non plus appartenir au rêve, car leurs cris semblaient avoir redoublé d'ardeur. Entraîné par une force qui n'avait rien à voir avec la curiosité, mais avec la nécessité, je m'enfonçai dans les bois, avançant tête baissée pour ne pas être fouetté par les branches des aulnes bordant la piste et ne pas trébucher sur les racines qui surgissaient en sinuant du sol spongieux. Je dus marcher environ un demi-kilomètre avant que le sol s'assèche et que la piste se dégage pour me laisser entrevoir une éclaircie. Une dernière hésitation me retint alors et je m'appuyai contre un arbre, le cœur battant à l'idée de ce que j'allais peut-être découvrir, puis je me dirigeai vers la trouée lumineuse où aboutissait le sentier.

Devant moi, s'ouvrait une petite clairière où étaient éparpillées quelques fleurs tardives et au centre de laquelle se dressait un chêne immense que sa situation avait protégé de l'étouffement. Près de l'arbre, une dizaine de corneilles, fébriles, sautillaient, s'envolaient, puis revenaient picorer le sol, ne relevant la tête que pour lancer l'un de leurs sinistres croassements. Je ne vis cependant pas ce qui les faisait s'agiter, je ne vis absolument rien, trop heureux, probablement, de ne pas être mis devant ce que la part instinctive de ma mémoire redoutait de trouver dans cet espace isolé au cœur des bois. Je poussai alors un immense soupir de soulagement, et il n'est pas impossible que je me sois mis à rire, ainsi que je le fais toujours quand un danger redouté s'écarte, quand je me souviens enfin que c'est moi qui ai oublié de verrouiller la porte, d'attacher le volet qui bat au vent, quand le meurtrier quitte silencieusement l'appartement enténébré de sa proie nue, par la gauche de l'écran, pour me révéler que cette proie potentielle est en réalité l'héroïne qui ne sera atteinte que par le sang des autres, je me mis à rire, amusé des effets de la fatigue, puis je m'arrêtai brusquement, distrait par un objet indistinct qui venait de traverser mon champ de vision.

Je fis deux ou trois pas sur le sol soudain moelleux, puis l'objet m'apparut plus clairement. J'y reconnus d'abord une patte, la patte mince et fragile, décharnée, du coyote dont j'avais abrégé les souffrances, qui se balançait derrière le chêne, soumis à de nouvelles et injustes souffrances. Pendant que mon regard remontait le long de cette patte, je me sentis sur le point de défaillir, comme cela m'arrivait parfois devant certaines images que, pour des raisons obscures ou parce qu'il me fallait à tout prix nier la réalité, je classais immédiatement parmi les objets du songe, dans la catégorie des illusions qu'un simple effort de rationalité anéantit aussi rapidement que le choc de la surprise qui les a créées. Je me sentais toutefois incapable, à ce moment précis, d'en appeler à mon esprit cartésien, totalement dérouté par un animal qui, je le savais, ne pouvait se trouver là, dans cette position, troublé par la blancheur rosée de l'os visible sous la peau tendue. Une brusque poussée de sang réchauffa alors ma peau, mes vêtements se mouillèrent, et je m'accroupis sur le sol en fermant les yeux, cherchant inutilement autour de moi quelque chose à quoi m'accrocher. Lorsque je rouvris les yeux, l'objet se modifia lentement, d'abord imperceptiblement, puis ses contours s'affinèrent, ma sueur se refroidit, et je vis que j'avais raison. L'objet que ma peur avait associé au coyote disparu n'était pas exactement de forme animale, mais de forme humaine. En fait, il s'agissait d'une jambe, au bout de laquelle pendait mollement un pied. Je me remis péniblement debout et ma douleur d'homme refit alors surface, ma douleur d'enfant trop rapidement devenu ce qu'il n'avait jamais imaginé pouvoir devenir, et un voile d'une totale opacité passa devant mes yeux. Ce voile, en principe, aurait dû envelopper mon corps entier, s'enrouler autour de mes mouvements pour me jeter par terre, dans la duveteuse obscurité de l'évanouissement, mais non, non, j'avais repris ma marche en direction de l'arbre et le voile se levait pendant que l'objet se précisait, qu'à la jambe se greffaient un sexe, un torse, puis un visage, enfin, rendu informe et flou par les pans ondoyants du voile, le visage d'un homme nu et parfaitement immobile dont l'ombre s'étalait dans ma direction, m'indiquant que le soleil en était au quart de sa course et que la journée serait longue.

Mais cette journée, je l'ignorais encore, était d'une longueur à ce point démesurée qu'il m'était impossible d'en concevoir la durée. Elle prenait sa source dans l'enfance et venait s'échouer là, dans cette clairière où s'égrèneraient avec une extrême lenteur les heures angoissées succédant au couchant. Il y avait eu, je ne peux l'expliquer autrement, une rupture temporelle entre le moment où cet homme était mort et celui où son corps m'était de nouveau apparu, puisque ce n'était pas la première fois que je voyais ce pendu, un brusque arrêt du temps où ce n'est pas le passé qui avait refait surface, mais le présent qui s'y était substitué.

Fasciné par l'incroyable tranquillité de cet homme, je continuai à avancer, mais lentement, si lentement que les corneilles en furent à peine dérangées, jusqu'à ce que j'arrive à proximité de l'arbre et les fasse s'envoler, contrariées par mon intrusion dans un univers qui leur appartenait. Quelques-unes se dissimulèrent dans les feuillages rougissants, d'autres s'éloignèrent à la lisière de la clairière, mais je les savais là, qui m'observaient de leur œil noir et attendaient patiemment mon départ pour reprendre leur danse macabre autour du corps.

Au pied de l'arbre, un petit escabeau de bois sculpté où s'affrontaient anges et démons avait été renversé, et un incompréhensible fumet de sang se mêlait aux puissantes odeurs d'automne qui m'entouraient. Curieusement, je n'étais pas effrayé, seulement hébété, tout à l'engourdissement qui m'avait envahi plus tôt, à demi paralysé par une forme d'apathie qui m'empêchait de réagir. Je m'assis sur l'herbe fraîche de la clairière, dans l'ombre exacte du pendu, et je tentai de fixer ses yeux révulsés, me disant qu'y subsistait peut-être une trace de l'horreur ou du soulagement ayant marqué la dernière image qu'ils avaient enregistrée. Au premier abord, les yeux ne semblaient contenir rien de tel. Le pendu n'avait plus de regard et ses globes oculaires ne reflétaient rien qui pût évoquer l'humanité que j'avais entrevue dans l'œil du coyote. En fait, cet homme ne conservait aucune trace de la vie qui l'avait animé peu de temps auparavant, comme s'il était déjà mort au moment où il avait poussé d'un coup de son pied nu l'escabeau de bois qu'il avait emporté avec lui, à travers les broussailles et la forêt drue. Sa langue légèrement gonflée, où s'attardaient quelques mouches, pendait entre ses lèvres noires, pointée dans la même direction que l'épi de sa chevelure rebelle, et j'avais du mal à croire que cet organe gorgé de sang ait pu loger dans l'espace invisible dont il débordait, que ces lèvres presque inexistantes du fait de leur crispation aient pu se refermer sur un soupir, un cri, une parole qui aurait contredit l'inaltérable condition de mort de cet homme. Puis une brusque et inattendue rafale de vent, provoquée par je ne sais quelle puissance voulant m'arracher à ma léthargie, éparpilla l'épi rebelle sur le front du pendu, et un lointain, très lointain souvenir, traversé de cris désordonnés d'enfants, effleura le visage qui s'offrait à moi dans la plus entière nudité.

C'est l'été. Quand je revois l'enfance, je revois invariablement l'été. En vertu de je ne sais quel phénomène annihilant les souvenirs d'hiver. L'herbe est verte et les arbres lourds. Quelqu'un dit « luxuriants » et le ciel est plus bas, la chaleur se condense. C'est l'été, donc, rien d'autre. Il nous faut ignorer que nos cris déchireront le temps. La poussière de la route a un goût de framboise. Le jus des fruits s'écoule au soleil et des cailloux échouent dans l'eau de la rivière, éclaboussent les arbres luxuriants.

Je me relevai lentement et m'approchai de l'homme, juste assez pour constater que le menton, qui pointait maintenant avec la langue en direction de mon visage, portait bel et bien la petite cicatrice que je redoutais d'y trouver, stigmate du premier larcin que Paul Faber et moi avions accompli ensemble. Je glissai alors sur l'herbe verte, encore plus hébété qu'au moment où j'avais débouché dans la clairière, prêt à me laisser submerger par les cris inintelligibles des corneilles s'impatientant de ma muette affliction. Je restai ainsi jusqu'à ce que l'ombre du corps de Paul marque le zénith et que j'aperçoive, ébloui par l'intense luminosité du soleil, la plante rougie de ses pieds immenses où des aiguilles de sapin et d'épinette avaient adhéré, me sembla-t-il, disséminées dans les taches pourpres du soleil. *Devant ces pieds auréolés de lumière, je pensai aux pieds du cadavre de Harry, gigantesques devant la caméra d'Hitchcock sous le ciel bleu. Une mouche bourdonnait peut-être autour de ces pieds. Je ne sais plus. Il y a trop longtemps. J'avais quitté le cinéma en titubant, poursuivi par deux pieds ridiculement chaussés, sans corps ni visage, puis par quelques mouches, peut-être. Je ne sais plus. Il y a trop long-temps.* Je sortis alors de ma stupeur et battis maladroitement en retraite, me heurtant le front à l'escabeau où des démons ricanants me tiraient la langue, tout comme Paul le faisait assurément, heureux de m'avoir réservé sa dernière blague, et je rampai jusqu'à l'extérieur du cercle dessiné autour du chêne par les corneilles, poussé par la certitude que, si je ne m'extirpais pas rapidement de cette zone, le corps tout à coup gigantesque de Paul Faber allait s'abattre sur moi pour m'en-traîner là où les démons l'avaient attiré.

Je mis un certain temps à reprendre mon souffle, comme si l'ombre de la corde dans laquelle je m'étais tenu s'était glissée autour de mon cou et refusait maintenant de me libérer, resserrant son nœud sur ma trachée secouée de hoquets, et je crus que j'allais laisser ma peau dans cette clairière pour servir à mon tour de pâture aux corneilles. La vision de mon corps boursouflé et déchiqueté me fut néanmoins salutaire, mes hoquets furent poussés par les spasmes soulevant mon estomac et je vomis sur l'herbe fraîche un liquide glaireux que la chimie de la peur avait concocté à une vitesse folle. J'étais cependant revenu à la vie, mon hébétude avait fait place à l'horreur, et j'allais de nouveau être tiraillé par cet insatiable désir de comprendre qui, je l'apprendrais plus tard, beau-coup trop tard, avait déjà entraîné mon esprit dans un enche-vêtrement plus tortueux que celui de l'hérésie que j'attribuais à Paul Faber.

J'ai menti sur les souvenirs d'hiver. La mémoire ne les annihile pas. Elle n'engloutit que ceux qu'il nous faut oublier. J'ai encore à l'esprit des tourbillons de neige. Ma mémoire ne les a pas calmés.

~

Nombreux sont les motifs qui peuvent pousser un homme à retourner à l'endroit qui l'a vu naître. Dans mon cas, mon entreprise s'apparentait à celle d'un assassin qui revient sur les lieux de son crime, non pour y faire disparaître certains indices compromettants, mais au contraire pour essayer d'y déceler la moindre empreinte, le moindre élément de nature à expliquer ce crime. Ma vie, quand je tentais de comprendre ce que pouvait être une vie d'homme, m'apparaissait ni plus ni moins comme un désastre, une catastrophe dont les effets récurrents avaient semé le vide autour de moi. Tous les amis que j'avais cru avoir avaient rapidement déserté ce vide, toutes les femmes dont j'avais tenté de m'approcher n'avaient supporté ma présence que le temps de s'apercevoir qu'il était impossible de combler l'inaptitude de mes sentiments, de faire cesser ce tremblement de mon corps entier dès que leur nudité m'était offerte, de corriger, en somme, ce défaut d'aimer où mon désir se frappait à mon impuissance. Ma vie était une forme d'erreur et, à quarante ans, je me retrouvais perdu au centre d'un univers qui s'effondrait, soulevant autour de moi un écran de poussière derrière lequel s'éloignait la silhouette d'un gamin qui me narguait et m'incitait à le suivre, pendant que son sourire s'amenuisait sous la poussière.

Les signes annonciateurs du désastre, je le savais, ne pouvaient se trouver que dans ce village où les cris du gamin que j'avais été résonnaient encore, au cœur d'une enfance

intouchable, que seul mon désir de ne pas ébruiter le mensonge sur lequel s'était érigé mon souvenir rendait telle. Avec
le temps, j'avais fini par me convaincre que mes efforts d'in-
trospection ne suffisaient pas, qu'il me fallait revoir ce décor
où la nostalgie avait accumulé tant et tant de couleurs qu'il en
avait pris la teinte éblouissante d'un rêve, et poser une autre
fois les pieds dans ce vaste champ d'herbe folle où s'estompait
l'image de l'enfant insouciant qui se moquait de ma myopie,
du tremblement de mes mains vides, de ma voix enrouée par
des années d'alcool et de bars enfumés.

Or mon enfance était en réalité une tour d'ébène, et, dans la
tour d'ébène, il n'y avait que cela, une immobile et parfaite
noirceur d'ébène, tout comme il n'y a jamais rien, dans les écrins
trop finement sculptés, qui puisse égaler la beauté de l'écrin.

J'avais donc pris un congé auquel je n'avais pas droit, puis
j'avais gribouillé d'inutiles mots d'adieu («*partir, disais-je,*
retourner d'où je suis»), à l'adresse d'une femme qui non
seulement ne s'affligerait pas de mon absence, mais en serait
probablement soulagée. J'avais ensuite regardé la nuit tomber,
puis la nuit s'installer, l'esprit vide de toute pensée non reliée
à la durée de cette nuit. Lorsque l'horloge avait marqué quatre
heures, j'avais fait mes bagages et j'avais quitté la ville avant
l'aube, sous un ciel dont la lourdeur augurait celle de mon
périple. Puis j'avais roulé dans le bruit lancinant des essuie-
glaces, dans cet état de semi-hypnose où vous plonge la mono-
tonie du temps, la répétition du même, jusqu'à ce que je
quitte l'autoroute et qu'une lumière nouvelle, irisée de couleurs que j'avais depuis toujours associées à la légèreté, filtre
à travers les feuilles d'automne alourdies par la pluie. Je
venais de m'engager sur le chemin de l'enfance, face au
soleil levant, et nulle possibilité de retour ne s'offrirait à

moi tant que je n'aurais pas croisé cet embranchement où ma vie avait bifurqué.

Avant d'arriver à Trempes, j'avais fait un détour par le lac des Trois Sœurs, près duquel ma famille possédait un petit chalet où nous n'avions jamais remis les pieds après notre départ de Trempes. L'idée m'avait un jour effleuré de revenir m'y installer, mais la crainte de n'utiliser ce lieu que pour m'y enfoncer définitivement dans ma solitude m'en avait empêché. Maintenant que la nécessité d'interroger les paysages de mon enfance s'imposait, je regrettais ma crainte, car en nul autre endroit les souvenirs que j'espérais retrouver ne pouvaient être plus palpables. Ils étaient là, dans le pourrissement des bancs de bois, cherchant à dissimuler les marques de ce pourrissement, à reconstituer par-dessus la ruine l'image intacte de l'objet original. Ils étaient là, dans les empreintes encore visibles sur le sable refroidi, dans les pierres noircies par les feux de grève, d'où s'élevaient quelques rires, puis les voix graves, presque inaudibles, de ceux qui devraient éteindre le feu, puis entendre expirer les braises, aussi lentement qu'avaient expiré leurs propres souffles en de lointains étés, aussi lentement mais inexorablement qu'avaient sombré les corps des trois sœurs hantant depuis cent ans les nuits du lac.

Je m'étais longtemps interrogé sur l'identité des trois sœurs qui avaient donné son nom au lac où nous passions nos étés, mais, chaque fois que j'abordais ce sujet avec mon père, il me répondait évasivement, me disant qu'il ne savait pas, puis il détournait son regard des eaux bleues, comme si ce bleu, tantôt apaisant, s'était soudainement altéré pour lui révéler sa froideur, puis l'obscurité des fonds ignorant la couleur du ciel. Il me faudrait plusieurs années pour comprendre où échouaient alors les yeux gris de mon père, quels intolérables remous ils tentaient

*de fuir, pendant que les bras blancs des trois sœurs, après s'être
frénétiquement agités, disparaissaient sous la surface et que
leurs cheveux roux, blonds et roux, flottaient un instant, comme
d'improbables nénuphars, sur le calme apparemment revenu
des eaux bleues. Certains prétendaient que cette histoire de
noyade collective était une simple légende, que les trois sœurs
étaient en réalité trois vieilles filles qui possédaient à une
certaine époque tous les terrains bordant le lac, mais j'avais trop
souvent entendu leurs voix frêles s'élever parmi les rires entourant les feux de grève pour ne pas croire que, sous la surface
limpide du lac, voguaient trois corps aux longs cheveux enchevêtrés qui émergeaient parfois, souriants et paisibles, près des
barques attentives des pêcheurs.*

En nul autre endroit, l'accumulation des souvenirs ne
pouvait être telle, croyais-je, mais hormis tous les spectres
éveillés par mes pas, le lieu était désert, ainsi que je m'y
attendais, et je pus à mon aise faire comme si j'étais chez moi,
ce qui était le cas, puisque ce lieu continuerait de m'appartenir tant qu'un peu de ma mémoire y resterait attaché. La
pluie avait cessé et la chaleur du levant dégageait le lac de ses
brumes. Au loin, un huard lançait sa plainte, évoquant tous
les commencements du monde auxquels j'avais assisté à cet
endroit. J'allai m'asseoir sur le vieux quai dont les fondations
s'effritaient et j'attendis, j'attendis que la surface du lac
s'éclaire et qu'un vol d'oies ou de canards émergeant des
brumes m'apporte la révélation que j'étais venu chercher. Au
lieu de cela, je ne vis dans le brouillard refluant derrière les
caps que la main pâle du garçon moqueur me rappelant que,
si je voulais le rejoindre, il me faudrait plonger dans les eaux
du lac et en remonter les pierres que j'avais trop rapidement
lestées en tournant le dos à mon passé, mais qui étaient

restées accrochées à mon cou par un invisible fil que j'avais étiré jusqu'à sa limite.

Une heure plus tard, j'étais près de la rivière aux arbres morts, où le fil se noyait dans des eaux stagnantes non loin desquelles je découvrirais, par un déconcertant hasard, le corps de Paul Faber, étranglé par une corde qui, si je la déroulais suffisamment, me montrerait les pierres auxquelles était restée attachée la vie de Paul, dont le corps était devenu si lourd qu'il avait fait contrepoids et enfin soulevé du sol ces poids qui l'y rivaient.

∼

Mais Dieu seul sait quelle est la part exacte du hasard dans cette histoire où une incompréhensible série d'événements se conjuguèrent le jour même de mon arrivée à Trempes, comme si l'âme de Paul Faber, prisonnière des lieux, avait tout orchestré pour que mon regard se dessille et lui permette de quitter cette zone d'attraction terrestre où elle menaçait de s'enliser. Dieu sait aussi que le hasard n'était que l'accessoire d'une plus vaste conjoncture, que personne d'autre que moi ne pouvait découvrir le corps de Paul Faber, et que la pulsion qui m'avait mené vers la rivière ne venait pas de quelque facteur contingent, mais d'un savoir plus lointain que celui auquel ma mémoire consentait à me laisser accéder.

∼

Parmi les images qui se sont ancrées en moi dès le début de mon interminable séjour à Trempes, certaines ont immédiatement pris le visage de la hantise, comme si elles contenaient en elles la preuve d'une culpabilité que je n'arrivais pas à nier, même si je ne connaissais alors ni la nature ni les causes de cette culpabilité. Je me souviens entre autres, avec une acuité qu'il me faut sûrement associer au pouvoir de restauration de la mémoire, de l'œil vitreux de la buse qui captait les reflets de la petite lampe éclairant la pièce où je m'installais tous les soirs, luttant contre l'état de somnolence provoqué par la chaleur du lieu, convaincu que, si je quittais des yeux cette buse ne serait-ce qu'un instant, tout faux mouvement de ma part l'inciterait à l'attaque. Je demeurais donc immobile et m'employais à relever les détails distinguant cet oiseau de ses congénères. J'examinais sa tête, son bec, son plumage, puis le socle où avaient été fichées ses pattes raidies, orné d'une plaque dorée où il était écrit *Buteo jamaicensis, Red-tailed Hawk*. Je ne voyais cependant rien de la queue rouge ayant donné son nom à l'animal, pas plus que je ne connaissais l'origine de cet exotique *jamaicensis* évoquant des îles qui m'étaient étrangères. Je ne voyais que son œil vitreux, auquel se superposait celui de Faber, qu'aucune lumière, pourtant, ne devait faire luire au fond des bois, à moins que ceux-ci s'animent la nuit de feux dont tous nient l'existence pour ne les avoir jamais observés.

À l'étage au-dessus, les pas de mon hôte se faisaient entendre à intervalles irréguliers, voyageant du fauteuil au pupitre, puis du pupitre à la bibliothèque écrasant les murs de cette petite chambre où il se réfugiait dans l'étude des oiseaux, non pour s'approprier le secret de leur légèreté, mais pour tenter de comprendre s'il existait quelque justification à l'irisation de la tête du colvert, quelque dessein divin sous les couleurs ensoleillées de l'oriole, ou si les oiseaux étaient des êtres dont la variété était née de l'imprévisible beauté du hasard.

Je n'avais qu'un imprécis souvenir de Joseph Lahaie lorsque j'étais venu frapper chez lui pour demander une chambre, le lendemain de mon arrivée, puisqu'il était le seul à accepter de remplir les fonctions d'aubergiste quand un visiteur s'attardait dans le village. Je me rappelais par contre l'incroyable collection d'oiseaux empaillés occupant chaque recoin de sa maison et enveloppant de leur regard de verre quiconque en franchissait le seuil. La perspective de devoir vivre sous l'œil inquisiteur de Lahaie et de ses cadavres emplumés ne me réjouissait guère, mais je n'avais d'autre solution si je voulais demeurer dans le village, à proximité de Faber et des quelques fantômes que j'étais venu y déterrer. Quand il m'ouvrit sa porte, je reconnus l'immense silhouette qui me faisait fuir jadis, moi qui craignais toujours que, sous son vaste manteau, se cachent des ailes qu'il déploierait pour se lancer à ma poursuite. J'avais toutefois oublié la chaleur du sourire, qui irradiait dans sa poignée de main et donnait aux oiseaux qui l'entouraient un air moins lugubre.

Maintenant que des faits essentiels à la compréhension de mon histoire m'ont été révélés, il m'arrive de reconstituer cette scène où le visage souriant de Lahaie s'encadre dans la porte, et ce qui m'avait alors échappé me saute aux yeux avec une évidence proportionnelle à l'aveuglement qui me faisait voir toutes choses telles qu'il me fallait les voir. Le sourire de Joseph Lahaie, pour chaleureux qu'il fût, s'était imperceptiblement refroidi au moment où j'avais prononcé mon nom, sa main s'était un peu trop rapidement retirée de la mienne, et son visage n'arborerait par la suite qu'un sourire de façade sous lequel ses craintes à mon égard se préciseraient peu à peu, jusqu'à la totale disparition du sourire.

En fait, ces bêtes ne devenaient menaçantes qu'en l'absence de Lahaie, comme cette buse qui semblait s'être donné pour tâche de me fixer afin de prendre la mesure de ma tranquillité d'esprit. Sitôt que Lahaie était là, on aurait cru que les oiseaux se détendaient et qu'ils allaient s'assoupir, raison pour laquelle j'attendais avec impatience que celui-ci descende bavarder avec moi, pour me libérer de la buse et me distraire enfin de la vision de Faber et de son impénétrable silence, que ne faisaient qu'accentuer tous ces oiseaux apparemment muets mais qui se mettaient à hululer doucement, je le savais, à roucouler et à glousser quand la nuit s'animait de rumeurs que tous faisaient mine de ne pas entendre pour ne pas avoir à en situer la source.

Craignant d'être piégé par ces rumeurs que j'associerais au rêve si la somnolence l'emportait, je maintenais donc mes sens en éveil en comptant les pas de Lahaie, les tic-tac de l'horloge et le nombre de clignements des paupières que m'arracherait la buse avant que j'aie l'impression de la voir bouger sur son socle, et que cette impression soit confirmée par le léger, très léger déplacement de la fenêtre devant laquelle elle se trouvait.

～

Quiconque aurait découvert avant moi le prêtre de Trempes, traître à son Dieu sous des cieux n'en reflétant guère la présence, se serait empressé d'alerter le village entier et d'interroger les cieux silencieux sur la conduite à adopter devant l'abomination de cette mort. *J'ai écrit « abomination », « l'abomination de cette mort », en prêtant ce terme à des promeneurs sans visage dont la présence hypothétique n'a rien à faire dans ce récit. Je suis et j'ai toujours été le seul à savoir en quoi consistait l'abomination de la mort de Paul, qui ne tenait pas à l'interdit frappant ce qu'il faut bien appeler le désespoir, mais*

au fait que le désespoir était un sentiment inconnu de Faber. Je
suis le seul à savoir que l'abomination de cette mort découlait de
ce qu'elle était à la fois le fruit de l'innocence et de la convoitise,
le résultat de ce qui n'était qu'un accident, une erreur de calcul,
voilà, une infime erreur de calcul qui avait conduit à la catas-
trophe et m'avait laissé les bras ballants au milieu d'une clai-
rière sans issue. Quant à moi, dès lors que j'avais reconnu Paul
Faber, pendant à son arbre comme un fruit trop mûr, j'avais
décidé qu'il ne bougerait pas de là tant que je pourrais garder
le secret de sa mort, et que nous reprendrions notre conversation là où nous l'avions interrompue vingt-cinq ans plus
tôt, quand Paul m'avait fait part du refus de mourir qu'il
opposait à son Dieu. Mon attitude ne participait pas de la
folie, croyais-je, mais du simple désir de respecter la volonté
des morts et de la certitude que l'âme, expulsée par le dernier
souffle, envahissait les invisibles particules de l'air ambiant et
demeurait à proximité du corps pour un temps déterminé
par la relative lourdeur des particules. Je ne croyais pas en la
survivance de l'âme, mais en ceci qu'elle expirait plus lentement que le corps, opposant sa légèreté à la compacité de la
matière.

Le lendemain de mon arrivée chez Joseph Lahaie, aux
douze coups de midi, j'étais donc de retour dans la clairière,
fidèle au rendez-vous que je m'étais fixé dans l'intimité du
cercle que la mort créait au centre de cet espace où rien ne
pouvait atteindre mon intégrité, pas plus que celle de Paul,
dont la lente décomposition affirmait la réalité, lui redonnant
peu à peu cette humanité dont était privée sa chair encore
tiède. *Il me faudrait dire ici que le coyote était également au*
rendez-vous, car pas une fois je ne m'approchai de Paul sans
apercevoir d'abord, comme un impossible espoir, la carcasse de
cet animal sous laquelle j'avais d'abord tenté de dissimuler le

visage émacié de mon ami. C'est ce qu'il me semblait en effet, que l'altération du corps de Paul le ramenait paradoxalement à sa condition d'humain et que nous allions maintenant pouvoir parler, lui et moi, nous raconter ces années où je m'étais entêté à rater ma vie pendant qu'il espérait trouver le motif qui lui permettrait de mettre un terme à la sienne. Tout bien considéré, nous suivions des voies parallèles, qui auraient pu se rejoindre si Paul avait attendu un jour ou deux avant d'enfiler sa corde, juste assez pour que j'aie l'occasion de lui prouver qu'il avait également raté sa vie. Mais c'était peut-être la conclusion à laquelle il était arrivé, après tout. Cela aussi, il pourrait me le dire, et confirmer si j'avais raison, s'il avait vraiment cru avoir découvert la preuve de l'existence du ciel et de l'enfer ou s'il avait été victime d'autres démons que ceux de la foi, et craint que son esprit ne puisse pas plus que sa chair résister au séduisant appel de la corruption.

Or si Paul avait attendu un jour ou deux, jamais il n'aurait passé cette corde autour de son cou. La décision de Paul était de celles qui ne souffrent aucun atermoiement, qui refusent de laisser la moindre place à la compassion que l'on peut soudain avoir pour soi en voyant ses mains trembler. Je connais bien ce sentiment, cette tendresse que l'on s'octroie dans le malheur, faute de pouvoir l'espérer de qui que ce soit. Si Paul avait attendu ne serait-ce que quelques heures, la fraîcheur de la nuit, le sifflement des ouaouarons sous les étoiles, nous aurions été deux à rater notre vie et à nous renvoyer l'insupportable image de ce ratage. Paul devait mourir ce jour-là, un 17 octobre, dans la négation de sa chair, pour qu'un peu de douceur puisse encore croiser mon regard lorsque j'apercevrais mon reflet dans l'eau de la rivière.

Quelque chose me disait pourtant, dans la boursouflure de ses lèvres, que sa chasteté n'avait été qu'un vœu, et que ce sexe qui pendait maintenant entre ses jambes, à peine plus long que ses bourses noircies, enfin libéré de la douleur d'une interminable érection, n'était pas fait pour la soutane. Mais aucun corps n'est fait pour la soutane, et Paul avait eu raison de se dépouiller de ses habits avant d'entreprendre son ascension vers des lieux où la gravité n'existe apparemment pas. Ces habits demeuraient d'ailleurs pour moi un mystère. J'avais fait le tour de la clairière, j'avais fouillé les abords de la piste du coyote, les endroits les plus insolites où Paul aurait pu les abandonner en route, et je n'avais rien trouvé. J'avais pourtant du mal à me l'imaginer venant nu du village, même dans cet état où, à deux pas de la mort, il devait peu se soucier de ce qu'on penserait de lui. Paul n'était pas du genre à prendre le risque d'être arrêté par une morale ne le concernant plus quand l'enjeu n'était rien de moins que l'éternité. Paul savait toujours où il allait, en combien de temps il y serait et quel chemin, sentier ou raccourci il devait emprunter. S'il avait abouti nu dans cette clairière, c'est que cela faisait partie des conditions du voyage. Sinon, c'est que ses vêtements étaient là, devant moi, aussi visibles que la lettre volée de Poe, dissimulés par une évidence dont la simplicité échappait à mon désir trop insistant de résoudre une énigme qui n'en était peut-être pas une, car je faisais probablement une histoire de rien et tomberais sur les habits de Paul le jour où je ne m'y attendrais pas, exhumés par un animal affamé ou pendant des branches d'un arbre si exactement semblable au chêne de Paul que j'aurais cru n'y voir que son ombre. *Et j'avais raison, j'avais tristement raison. Les vêtements de Paul étaient là, dans cette clairière, mais je ne les trouverais qu'au moment où je découvrirais jusqu'où portait son ombre.* À l'heure de quitter la clairière, je me retournai quand même une dernière fois, au cas où les pans d'une bure, les broderies d'une chasuble, surgiraient des feuillages colorés. Or je ne vis que le coyote, qui se détachait de l'arbre de Paul et disparaissait en zigzaguant du pré vers la forêt, effrayé par cette chose qui avait été un homme et le redevenait à mesure que sa chair se putréfiait.

~

Lorsque Lahaie descendit, le troisième soir où je logeais chez lui, si mon souvenir est bon, son sourire n'était plus le même, et je compris à son attitude qu'il avait remarqué le léger déplacement de la fenêtre derrière la buse. Je voulus donc l'entretenir de cela, lui demander à quoi tenaient ces ténues modifications de l'espace, mais un autre souci, le tracassant plus que la buse, semblait occuper ses pensées. Il observa la fenêtre quelques instants, les oiseaux, mes mains posées sur les accoudoirs du fauteuil, puis il me répondit que si les choses bougeaient lentement à Trempes, elles n'en étaient pas pour autant arrêtées, raison pour laquelle, quoi que je sois venu chercher, je ne trouverais rien ici qui soit demeuré intact. Je ne compris pas exactement où il voulait en venir, mais, puisqu'il évoquait le passé, je me hasardai à lui parler de Paul, de tout ce qui m'attachait encore à lui, n'évoquant sa disparition que comme une absence, ce à quoi il acquiesçait sans broncher, alors qu'il savait pertinemment que nous étions autrefois inséparables et que je ne pouvais être insensible à cette absence inexpliquée. Lahaie se comportait, en fait, comme si Faber n'avait jamais disparu, comme s'il ne m'avait jamais vu courir derrière lui, mon pas si fidèle au sien que j'aurais pu partager son sort si la volonté de mon père ne m'en avait détourné, et devenir homme d'Église, sinon homme de foi.

J'avais pourtant l'impression, dans la façon qu'il avait de répondre à mes questions par des approximations, qu'il avait eu vent de la mort de Paul, que les corneilles rassasiées, après avoir délaissé la clairière, étaient venues lui annoncer cette mort, un morceau de chair pourrie dans le bec, mais à aucun moment il ne tenta de démentir mes propos ou de me mettre à nu. Peut-être agissait-il ainsi par discrétion, désireux de respecter le secret qui m'unissait à Paul. Quoi qu'il en soit, il en savait suffisamment pour avoir deviné que mon séjour à Trempes avait un lien étroit avec celui qui ne devait avoir été son confesseur que sporadiquement, quand la souffrance d'un oiseau blessé, ayant déjà perdu trop de sang pour ce qu'en contient un corps d'oiseau, avait éveillé en lui une colère que la parole devait sauver du geste. Lahaie était comme moi sur ce point. Il ne croyait pas que la vertu de la confession réside dans le pardon, mais en ce qu'elle permet l'aveu de la haine.

Nous avons beaucoup bavardé ce soir-là, entre deux verres d'un alcool sombre dont Lahaie n'a jamais voulu me révéler la composition, mais où il entrait assurément quelque substance illicite, quelque décoction d'os et de racines broyés propres à en faire un élixir de longue vie, ce qui pouvait expliquer la forme physique de mon hôte. La bouteille ne portait que la date de sa fabrication, coïncidant avec l'été de mes trente ans, au souvenir amer duquel je buvais l'alcool sombre de Lahaie (*trente ans, c'est l'âge où l'illusion s'est transformée en amertume, où j'ai compris que les plus douloureux mensonges étaient ceux de la solitude, ceux qu'on ne prononce pas et qu'on noie dans l'alcool, qu'on balaie en fuyant, parce que tout à coup les miroirs se mettent à dire la vérité*), où se perdaient les reflets chatoyants de la petite lampe, dont le faible éclairage favorisait l'intimité de notre conversation, la gravité de nos voix, l'assurance que nos confidences ne seraient partagées que par les oiseaux nous entourant, dont l'œil se brouillait avec le mien à mesure que le niveau de la bouteille baissait. Je me laissais envahir par la chaleur de l'atmosphère et je respirais calmement l'air de Lahaie, des oiseaux de Lahaie, chargé de cette fine poussière flottant continuellement dans la maison et se déposant sur les meubles, les plumages, les cheveux blancs de Lahaie, d'où se serait élevé un léger nuage si on les avait secoués. J'étais sous le charme, je crois, de la placidité de cet homme et de la suavité de son alcool. Je fus même tenté, à un certain moment, de lui avouer le rituel auquel je me prêtais auprès de la dépouille de Paul, qui n'était pas si différent, si l'on y réfléchissait, de celui qui le faisait se pencher sur ses oiseaux morts dans l'espoir qu'ils lui révèlent une vérité qui serait son grand œuvre. Je me ravisai cependant, me disant qu'il me fallait d'abord déterminer si la sérénité de Lahaie venait de ce qu'il avait admis une fois pour toutes l'existence du mal ou de ce qu'il tentait de l'occulter. Dans le premier cas, il pourrait peut-être m'aider à trouver le chemin emprunté par Paul. Dans le second, il ne pourrait que me conseiller de l'empailler.

C'est en songeant à cette image que je suis monté me coucher, légèrement ivre, imaginant Paul à califourchon sur son socle, les bras repliés le long du corps et prêt à prendre son envol tout en surveillant mon ivresse de son œil incrusté de taches dorées. C'est d'ailleurs ce qui rendait son regard si troublant, ces petites stries lumineuses dispersées autour de la pupille, qu'il fallait fixer pour se rendre compte de cette bizarrerie, aussi troublant que pouvait être déconcertant le sourire de Lahaie, auquel je confierais peut-être, s'il m'apprenait qu'il n'avait pas oublié l'existence du mal, que je conversais également avec les morts.

~

Elle s'appelait Anna, comme la petite sœur d'un de nos camarades, seule autre Anna dont je connaissais l'existence quand Anna Dickson était entrée dans nos vies par la porte vitrée de notre classe, un matin de novembre, nous distrayant du passé simple et des triangles isocèles barbouillés sur le tableau noir. Faber et moi avions appris ce jour-là le sens de l'enchantement, dont les promesses se dissimulaient dans la longue chevelure d'Anna, couleur de mois d'août et de courses effrénées dans les champs de blé mûr. Dès son apparition, quelque chose d'imprécis avait germé dans nos corps étonnés, les métamorphosant en masses hybrides où la naissance du désir combattait l'ignorance ayant jusqu'alors laissé notre sang battre au rythme paisible de l'enfance. C'est ainsi qu'Anna Dickson suscita nos premiers fantasmes et nous poussa à inventer des histoires scabreuses où nous la ligotions nue à un arbre famélique que ses déhanchements faisaient ployer, pendant que les balancements de son interminable chevelure nous révélaient les pointes durcies de ses petits seins, dont la troublante évocation nous faisait tomber à genoux au pied de l'arbre, à genoux et tremblants, effrayés par cette pulsion qui avait le pouvoir de nous déposséder de nos rires, puis par la perspective de devoir reproduire un jour ces gestes qui prolongent naturellement le désir, ces mouvements saccadés du corps de l'homme, dont nous ne savions rien, effrayés et tremblants.

J'avais toujours cru que ce fantasme était demeuré un fantasme, que nos corps n'avaient tremblé que devant la nudité des arbres et que nous n'avions jamais eu l'audace ni la cruauté d'attacher réellement Anna. J'avais cru que le maintien du fantasme m'avait préservé du remords tenace d'avoir joué à des jeux dont je n'aurais pas compris qu'ils me laissent si amer. Or les pleurs d'Anna, les longs pleurs d'Anna dans la nuit, les pleurs d'Anna dans le brouillard, devant ses bas souillés et déchirés, m'ont appris depuis que la cruauté n'engendre pas que le remords, et que l'impuissance que j'éprouvais devant les femmes n'était qu'un des effets de cette amertume qui avait empoisonné mon sang.

L'après-midi où j'ai revu Anna, qui s'éloignait sur la route de gravier menant à la rivière aux arbres morts, j'ai de nouveau été foudroyé, plongé dans l'incompréhension du passé simple et de tous les passés qui semblaient vouloir se réincarner, là, sous mes yeux, dans la longue chevelure d'Anna que n'avait pas fauchée le temps, ainsi qu'il le fait généralement des chevelures des jeunes filles, qui s'écourtent lentement, année après année, atteignant la fragilité de leur nuque de femme, où quelques mèches folles pointent en direction des petites lignes à peine visibles où l'on peut lire, si l'on se penche suffisamment, qu'il est encore question de temps. Elle était telle qu'en mon souvenir, frêle et évanescente, et le rire qu'elle accordait, comme une offrande, à je ne sais quelle vision la poursuivant, était plus enfantin, si la chose est possible, que celui de la nymphette qui se moquait de Faber et de moi. «Anna?» ai-je crié, et, au moment où elle a tourné vers moi un visage aussi radieux que celui de ses douze ans, j'ai régressé à une vitesse folle jusqu'au pied de l'arbre famélique où le corps prisonnier d'Anna implorait mes caresses. À l'euphorie qui aurait dû me gagner, s'est alors substitué un étrange malaise, et, l'espace d'un instant, j'ai vu le corps d'Anna s'affaisser, sa tête s'abandonner, puis, dans le mouvement de cet abandon, sa chevelure balayer son ventre, masquer le centre de sa nudité, et toucher de ses pointes la rondeur de ses cuisses. Quand la chevelure s'est arrêtée, j'ai cru que j'allais m'effondrer à mon tour, mais le sourire d'Anna est venu à mon secours, et ma douleur d'antan, la douleur de ma chair vierge, a fait place à la joie d'Anna.

Avant de disparaître dans les bois, auréolée de ce sourire qui m'avait sauvé, elle a lentement levé la main dans ma direction, en guise d'au revoir, puis elle a baissé les yeux vers mon sexe, toute distance abolie, où elle ne s'est attardée que le temps de constater qu'il pointait toujours vers son ventre de petite fille, rougi par les marques d'une corde dont les liens, croyais-je, n'avaient jamais été rompus, ni par Faber ni par moi.

J'ai su dès lors que nous nous reverrions, que les liens d'Anna seraient enfin brisés et son ventre libéré de cette entrave. Je ne savais cependant pas quel rôle avait joué la petite Anna dans le tragique déroulement de mon histoire, ni qu'elle serait à l'origine du froid qui s'installerait entre Faber et moi, le froid de la jalousie, qui placerait le cadavre de Paul au rang de rival et me ferait douter de sa foi comme sa foi avait douté de son Dieu.

~

Mon huitième jour à Trempes s'est déroulé sous le signe de la pluie et du vent, sous les funestes et inaltérables auspices de l'automne, à propos desquels je m'interrogeais pendant que le nordet faisait battre les branches du cornouiller contre la fenêtre de la buse, qui était aussi celle de l'épervier et du faucon pèlerin, *Falco peregrinus*. Tous les éléments étaient réunis pour donner à cette pièce l'allure d'un décor de mauvais film d'horreur, bande sonore incluse, scandée par les pas de Lahaie et les grincements du cornouiller, mais je n'éprouvais plus l'angoisse dans laquelle m'avaient jusqu'alors plongé tous ces oiseaux éviscérés me fixant sans relâche. Je profitais, malgré leurs regards réprobateurs, du refuge inespéré que m'était cette pièce où le froid de la clairière ne m'atteignait qu'indirectement.

J'étais loin de m'imaginer, il y avait de cela quelques jours à peine, que ce voyage entrepris dans l'urgence me mènerait à de tels extrêmes, et pourtant j'y étais, encore hébété par la force du vent qui avait surpris cet automne relativement calme et fait basculer le cours des choses. Lorsque j'étais arrivé au petit matin près de la piste du coyote, il soulevait déjà la poussière de la route en de vastes tourbillons, derrière lesquels il me sembla apercevoir la silhouette furtive du coyote qui, pour des raisons qui m'échappaient, avait décidé de me hanter. L'eau de la rivière était agitée de tremblements inattendus qui allaient s'échouer en vagues obliques contre les flancs des arbres morts, seuls éléments impassibles au centre de la tourmente, « comme tout ce qui est mort », me disais-je naïvement, et le paysage ne m'avait jamais paru si près de ce à quoi doivent ressembler ces étendues anonymes que survolent les âmes perdues, en quête du chant des anges.

J'ai toujours été fasciné, divisé entre la peur et le désir de toucher l'objet de ma peur, par ces espaces dont on nous avait appris qu'ils étaient situés quelque part entre le ciel et l'enfer, dans des régions elles-mêmes insituables que notre perception du monde avait placées là où devaient en principe se trouver la plus grande légèreté et la plus grande lourdeur, très haut au-dessus de nos têtes ou au centre enflammé de la terre. Mon esprit d'enfant tentait d'imaginer l'architecture de cette géographie supraterrestre, et, après avoir examiné toutes les hypothèses, j'avais compris que l'entrée du purgatoire ne pouvait s'ouvrir qu'en des régions inexplorées de la terre, des creux du temps et de l'espace auxquels n'avaient accès que les voyageurs de l'au-delà, responsables des pluies subites et inexplicables, des inattendues rafales de vent qui faisaient tournoyer les parasols et se gonfler les eaux du lac. Je ne crois plus au ciel, je ne sais de l'enfer que ce qu'il m'est donné d'en voir ici-bas, mais je crois encore qu'il existe des espaces qui ne se trouvent nulle part, des lieux qui ne sont qu'un reflet du temps, comme celui où je me tenais ce jour-là, au centre des perturbations causées par l'infini silence auquel sont confinés les morts.

Je venais à peine de garer la voiture près du pont lorsque la pluie se mêla au vent, rabattant au sol les tourbillons de poussière et secouant la rivière de nouveaux frémissements. Devant moi, le coyote dont je n'avais cru voir plus tôt que le reflet m'attendait au milieu de la route, telle une illusion subitement matérialisée au contact de la pluie, aussi immobile que les arbres morts, mais aussi concret que la pluie tambourinant sur le toit de tôle.

Je ne rêvais pas, l'animal que j'avais assommé et porté jusqu'à la fraîcheur du ruisseau, le coyote qui aurait dû être mort depuis longtemps, avait miraculeusement échappé à ses deux agonies. *J'avais déjà vécu cette scène, comme tant d'autres, j'avais déjà été témoin de la résurrection des morts, et ce coyote n'était que cela, un souvenir camouflé de la résurrection.* Dès que je sortis de la voiture, il s'avança péniblement vers moi sur ses trois pattes décharnées, et j'eus l'impression qu'il me demandait quelque chose, une impression plus indéfinissable que l'avait été sa silhouette derrière la poussière, imprécise mais réelle, rendue réelle du fait de son imprécision, à l'image des spectres. Je tentai alors de me rapprocher de lui, pour mieux entendre sa demande, mais c'est un autre coyote qui me répondit au loin, à moins que ce ne fût une corneille, une âme égarée, un amalgame des deux, ailé de noir, me distrayant suffisamment pour que je détourne la tête, cherchant à situer du regard la source du hurlement. Quand je me retournai, il n'y avait devant moi que la route déserte, où des flaques d'eau commençaient à se former dans les ornières. La rencontre avec cet animal qui me poursuivait n'avait encore eu lieu qu'à demi, mais elle viendrait, de même que viendrait la rencontre que j'anticipais avec Anna Dickson, d'une autre nature, mais également essentielle dans l'ordre des divers événements qui se mettaient depuis peu en place pour me réconcilier avec le gamin que j'avais trop rapidement pris pour un idiot quand j'avais décidé de couper les ponts avec mon passé, il y avait de cela une vie, une vie ratée.

Puisque le coyote ne reviendrait pas, j'en avais l'intime certitude, rien ne me servait de rester sur la route les bras ballants. Je rabattis le capuchon de mon imperméable, déjà trop trempé pour que cela me soit vraiment utile, puis je pris le sentier, jouissant sur quelques centaines de mètres de l'accalmie que m'offrait le couvert des arbres. En débouchant dans la clairière, je vis Paul qui se balançait dans le vent, oscillant lentement au bout de sa corde pendant que les feuilles rougies du chêne, se détachant par dizaines sous l'effort du vent et le poids de la pluie, se plaquaient contre son corps nu, ajoutant aux couleurs de sa peau.

Si ma lucidité n'avait à ce point été atteinte, je n'aurais jamais été tenté de créer de la beauté en cueillant sur le sol de la clairière des feuilles que j'appliquais délicatement sur des bouts de chair dont j'ignorais la véritable couleur, créant ainsi un nouveau mirage parmi tous les mirages de ma vie. Je niais la laideur, la laideur morte de cette chose, sous laquelle je tentais désespérément, en appelant au paradoxe, d'entrevoir une forme d'humanité, l'empêchant de cette façon d'évoluer de jour en jour, comme une plaie vive, vers une plus grande obscénité.

Il m'était en principe impossible, où je me trouvais, d'entendre le frottement de la corde contre la branche, et pourtant je l'entendais, par une espèce d'osmose avec ce lieu, comme un chuintement un peu sinistre sous le hurlement du vent. Je l'entendais et j'entendais le bruit mouillé des feuilles, le croassement des corneilles absentes. Puis il y eut soudain un bruit de rupture, sec et mat, accompagné du bruit mou, presque simultané, de chairs s'entrechoquant. La corde de Paul venait de céder, et Paul de s'affaler au pied du chêne. Ma réaction fut immédiate, je courus vers lui, comme s'il se fût agi d'un être vivant qui aurait pu se blesser dans sa chute, et je vis que ma panique était justifiée, car il s'était effectivement blessé. En tombant, il s'était heurté la tête à l'escabeau de bois, qui avait ouvert une large entaille sur sa tempe gauche. Aucun sang ne coulait cependant de sa blessure, aucun gémissement ne s'échappait de sa bouche entrouverte. Paul demeurait stoïque devant sa chute, soumis aux conséquences inévitables des lois de la gravité.

J'étais également sans voix, incapable d'admettre que le destin de Paul s'arrête là, au pied de cet arbre, car son avenir résidait pour moi dans sa condition de pendu, qui donnait à sa mort et à notre amitié un statut différent. J'avais connu Paul vivant, en position debout, puis je l'avais connu mort, dans la même position, et je ne pouvais concevoir que notre dialogue se poursuive de haut en bas, de moi debout à lui couché. Je restai néanmoins debout près de lui, assez longtemps pour que la pluie creuse un petit ruisseau à mes pieds, qui s'étendait dans l'anfractuosité formée par son corps replié, puis je m'agenouillai dans le ruisseau, redonnai à son corps une posture plus naturelle et essuyai son visage avec une délicatesse que je n'avais jusque-là osé réserver qu'aux femmes. Près de sa blessure, un démon échevelé, griffes

tendues, regardait l'œil troublant de Paul sans en paraître
perturbé, considérant la chute de mon ami avec une satisfaction victorieuse. C'est en voyant ce démon et son air
triomphant que je pris ma décision, poussé par des motifs
qu'aucune rationalité ne saurait expliquer. Si l'enfer était né
d'une chute, Paul ne serait pas à l'origine d'une nouvelle
géhenne. Sa vulnérabilité ne servirait pas le dessein des démons
et son corps désarticulé ne resterait pas au pied de cet arbre
secoué par le vent, pas plus qu'il n'ensemencerait le sol de sa
chair pourrie. Il retrouverait sa position verticale, puisque
c'est ainsi qu'il avait décidé de s'offrir à l'éternité.

C'est donc à cela que je me suis consacré ce jour-là, à
rependre Paul. J'ai répété les gestes rituels de son suicide et lui
ai redonné la mort qu'il souhaitait. J'ai réparé la corde, j'ai
soulevé son corps tuméfié, qui me glissait sans cesse des mains,
des bras, j'ai halé sa dépouille, en chialant et en reniflant, puis
j'ai tiré sur la corde, j'ai hissé centimètre par centimètre le
corps repoussant de mon ami, qui semblait plus abruti à chaque
secousse, la mine défaite et la langue rongée, s'éveillant à
peine d'un mauvais rêve pour retomber dans un autre, revenant à peine de l'enfer que je lui avais épargné pour réintégrer
le sien. À midi, il avait regagné sa place et moi la mienne, sous
ses pieds de moins en moins immenses au bout desquels la
pluie s'égouttait, formant une flaque où mon image d'homme
égaré se précisait peu à peu. Une image dont n'importe qui de
sensé aurait dû s'effrayer, mais dont je ne m'effrayai pas plus
que je ne me sentais dégoûté devant ce qu'il restait du corps
de Paul. Il m'importait seulement de savoir qu'un homme,
fouetté par le vent furieux, veillerait ce soir-là au centre de la
clairière, entouré du piétinement nerveux d'un coyote qui
hésitait entre le mort et le vivant, ne sachant encore auquel

des deux il adresserait la demande qui le tenaillait au point de considérer l'homme comme son unique salut.

~

Lorsque je suis revenu de la clairière, le jour de la rependaison de Paul, Lahaie a immédiatement senti sur moi l'odeur de la mort, qui s'était incrustée dans mes vêtements au contact du corps visqueux de Paul. Je devais même empester, mais le fait est que je ne sentais rien, le nez bloqué par la congestion, les sens engourdis par la fièvre que le souffle froid de Paul m'avait transmise.

Encore une fois, Lahaie n'a rien dit, se faisant ainsi le complice de mon secret, qu'il avait peut-être associé à l'un des nombreux crimes jamais résolus du fait de la solidarité campagnarde. «Vous êtes trempé», c'est tout ce qu'il a dit, puis il m'a demandé de lui donner mes vêtements. J'ai obéi sans un mot, puis il est revenu avec une couverture de laine et un verre de cet alcool dont j'ai de nouveau expérimenté les vertus pendant que mes vêtements brûlaient assurément dans le jardin de Lahaie, qui n'est pas reparu de la soirée. Il m'avait laissé seul avec ses oiseaux, qui m'observaient maintenant comme un assassin, ce que je n'avais pas la force de nier et ce qui n'aurait rien donné. Les oiseaux de Lahaie n'écoutaient que Lahaie. Il m'avait également laissé seul avec un verre que je serais volontiers allé remplir si je n'avais craint une attaque sournoise de la petite nyctale juchée près de la lampe, qui enregistrait chacun de mes mouvements de ses yeux de chat, prête à donner le signal et à faire s'envoler de leur socle tous les charognards qui avaient flairé sur ma peau l'odeur de Faber.

Lahaie pouvait partir tranquille. Ses oiseaux veillaient sur moi, et la fièvre aussi, qui commençait à modifier les dimensions de la pièce. Les oiseaux et moi serions bientôt confinés dans un espace dont l'étroitesse ne serait supportable qu'à cause du léger brouillard qui y flotterait, redonnant aux contours de la pièce la possibilité de se distendre. De toute façon, ma fatigue était telle que je n'aurais pas eu le courage de me sauver si j'avais eu une raison de le faire. Or je n'avais aucun motif de vouloir prendre la fuite, puisque l'unique crime dont on pouvait m'accuser était de n'avoir pas dévoilé celui de Paul contre son Église. Pour ce qui était d'avoir pendu un mort, il s'agissait là d'une profanation qui me vaudrait au pire un rejet ou un mépris plus tenace encore que celui qu'on réservait à Trempes à l'étranger que j'étais devenu. *En réalité, la franche hostilité dont j'étais victime ne tenait pas à mon statut d'étranger, mais au fait que ma présence à Trempes rappelait à ses habitants un malheur qu'ils s'efforçaient d'oublier depuis vingt-cinq ans. En tentant d'exhumer mon passé, c'est celui de tout un village que j'étais venu remuer. Je n'étais pas un étranger, j'étais un revenant traînant dans son sillage des spectres ne hantant autrement que certains lieux de Trempes où la couleur du ciel mentait sur la douceur de la saison en cours.* Paul était et demeurerait un pendu, aucune vérité n'était plus définitive ni flagrante à mes yeux. Quoi qu'il en soit, c'est endormi dans son fauteuil que Lahaie me trouverait à son retour, recroquevillé sous sa couverture, le côté droit, épaule et sein, entièrement dénudé, et le côté gauche, joue, épaule et sein, écrasé contre le bras rembourré du siège, où le tissu aurait laissé sur ma peau l'empreinte d'un inextricable réseau végétal, comme si la fièvre m'avait recouvert de lichens et de lianes ou que je m'éveillais après des siècles, enseveli sous une épaisse couche de végétation à laquelle je devrais ma survie, pendant que mes vêtements brûlaient, là-bas dans le jardin, d'où s'élevait une fumée grise retombant lourdement vers le sol.

~

L'automne 1984, qui ne s'avéra que le sombre miroitement d'un plus ancien automne, se perd dans le bruit confus de la pluie qui a lavé puis entretenu ma fièvre pendant ces jours nébuleux où je réapprenais le sens du cauchemar, prostré dans l'évanescente lumière de cette chambre donnant au nord où Lahaie m'avait installé. Du matin jusqu'au soir, je l'entendais qui crépitait et faisait déborder les gouttières, puis je l'apercevais, blanche derrière le voile blanc de la fenêtre, en ces rares moments où j'émergeais des images de mon sommeil. Je la voyais qui déferlait sur la clairière, au centre de laquelle la corde de Paul me tenait captif au pied de son chêne. Je l'imaginais lissant les longs cheveux d'Anna, qui déhanchait pour moi ses chairs trop longtemps demeurées vierges avec une fureur espérée depuis toujours, mais qui m'empêchait de suivre les contorsions de Paul, ridicule dans sa peau violacée. Les rôles étaient inversés et c'est Anna qui me torturait de son désir, indifférente aux pitreries de Paul traînant derrière lui l'autre extrémité de la corde qui me ligotait, pareille à une queue de serpent ou de rat, d'animal lubrique, tout en essayant de forniquer, ridicule dans sa peau tuméfiée, avec des démons n'en voulant qu'à son âme. Ces rêves, s'il s'agissait bien de rêves, se terminaient invariablement sur des cris, ceux de la jouissance que la bouche gluante d'Anna finissait par m'arracher, ou ceux de mon impuissance devant Paul, qui refusait d'admettre que le sexe des démons n'était qu'un simulacre destiné à l'attirer pour mieux le perdre.

Ces cris faisaient parfois surgir Lahaie, dont la main ferme sur mon épaule apaisait les derniers spasmes de ma jouissance ou de mon impuissance, et ils résonnaient quelque-fois dans la maison vide, faisant s'ébrouer les oiseaux morts, dont les claquements d'ailes s'amenuisaient avec mes hoquets. L'atmosphère dans laquelle nous vivions aurait pu laisser croire que Lahaie et moi avions été témoins de phénomènes nous ayant jetés au seuil de la parole, car Lahaie, de son côté, ne s'exprimait plus que par grognements. Or s'il ne posait pas de questions, c'est qu'il ne voulait pas de réponses, mais je lui en donnais malgré moi dans mon délire, traversé des noms de Paul et d'Anna, des cris d'effroi que m'arrachaient la queue de rat fouettant mon visage ou les statues osseuses de la rivière, qui se mettaient toutes les nuits en marche dans un cliquetis de membres secs. Rien qui soit de nature à le ras-surer quant à la paix de mon âme et de mon esprit, dont la buse avait déjà compris l'égarement. Je n'avais pourtant rien à me reprocher, si ce n'est cette passivité m'alourdissant de jour en jour, cette indolente incapacité de vivre qui me main-tenait paradoxalement en vie. Il faudrait donc que Lahaie admette cela, qu'il compare mon œil à celui des charognards dont il s'entourait et comprenne que je ne me nourrissais ni de chair faisandée ni de chair vivante. Alors nous pourrions parler.

En attendant, je continuerais de me taire aussi, comme se tait un homme à la conscience tranquille, même si le senti-ment d'avoir raté ma vie risquait de modifier le ton de mon silence. Lahaie s'y entendait bien en matière de silence, lui qui discutait depuis des années, sans seulement ouvrir la bouche, avec une bande d'oiseaux muets. Nous communiquerions ainsi le temps qu'il le faudrait, lui embusqué derrière son apparente indifférence, moi retranché dans ma conscience divisée, à travers le crépitement de la pluie, le tic-tac de l'horloge, le balancement du cornouiller. Quand il aurait compris la nature de mon mutisme, nous pourrions laisser entrer Paul et ses corneilles dans cette maison et nous enivrer tous trois d'alcool de riz ou de betteraves en regardant les corneilles s'envoler avec les buses dans le firmament tourmenté de l'automne.

~

Je ne sais combien de jours je flottai entre rêve et réalité, mais le temps écoulé derrière le voile blanc de la pluie avait suffi à modifier la texture de cette réalité, qui n'était plus aussi palpable qu'elle m'avait toujours semblé l'être. Quoi qu'il en soit, la pluie cessa et ma fenêtre au nord s'ensoleilla de reflets échappés du levant, qui bifurquaient sur les arêtes de la maison et allaient s'étaler dans les feuilles rousses et jaunes, les branches vertes où les silhouettes des oiseaux ayant hanté mes cauchemars se coloraient enfin, *Red Crossbill, Blue Jay, Red-breasted Nuthatch.* Je ne redécouvrais pourtant le nom et la couleur des choses que pour me rendre compte que je ne connaissais de ces couleurs et de ces choses que l'apparence, qu'il m'était impossible de dire en quoi consistait le rouge ni si la peau de ces mains faisant trembler le verre auquel je tentais d'étancher ma soif devait sa pâleur à la fugace lumière du nord ou à la décoloration de mon sang. Ce retour au monde accentuait le sentiment de mon ignorance, de ma solitude au cœur d'une mémoire ne reposant que sur l'atténuation de rouges ou de bleus dont je ne pouvais saisir la consistance.

Au village, les cloches sonnaient, me disant que nous étions dimanche, enfin dimanche ou encore dimanche, c'était

selon le nombre indéterminé de jours écoulés depuis que
j'avais serré le corps de Faber dans mes bras, le corps poisseux
de mon ami contre le mien, sans la moindre chaleur sous la
pluie froide. Cette chambre et ses cauchemars m'avaient fait
perdre la notion du temps, que le carillon des cloches au loin
me restituait pour me dire qu'un autre dimanche était arrivé,
un des innombrables dimanches auxquels ma vie avait été
incapable de se soustraire, malgré l'horreur que m'avait toujours inspirée l'immobilité de cette journée, qui n'était là que
pour vous rappeler que le repos n'existait pas, qu'il suffisait
d'un peu de silence pour que se mettent à grouiller les remords,
pour que la rumeur du temps qui fuit, à peine recouverte par
le mensonge de l'immobilité, rattrape votre conscience. Je
n'avais aucune aptitude au calme, et c'est ce qui faisait la
différence entre Faber et moi, cette capacité qu'il avait de
s'arrêter, de regarder Anna sans bouger, les mains dans les
poches, debout au centre de ses mouvements et de ses pensées.
Pas étonnant qu'il soit devenu homme du dimanche. Mais la
question était de savoir s'il l'était demeuré ou s'il était devenu
homme du sabbat, s'il avait rejoint la nuit des sorcières, là où
la quiétude du recueillement faisait place à la frénésie.

Ce que saurait me dire Faber dans la clairière ne suffisait
pas. Le Faber de la clairière ne saurait toujours me ramener
qu'à la lenteur désespérante des jours où je m'agitais vainement
autour de lui. *Cette lenteur était l'œuvre de Dieu, que Faber*
avait découvert un matin de printemps devant la beauté des
lilas, l'inexplicable beauté des lilas, des geais, des geais et des
lilas. Il avait alors voulu comprendre l'inexplicable, et Dieu, je
crois, le soupçon des beautés qui exigent un Dieu, était apparu
sous les arbres autour desquels je m'étais mis à courir, à gesti-
culer, à tenter de circonscrire le territoire silencieux et inconnais-
sable de Dieu. Il me fallait en apprendre davantage, fouiller sa

vie depuis le moment où je l'avais perdu de vue jusqu'à celui où il s'était déshabillé pour se diriger vers l'arbre dans lequel il avait choisi de mettre un terme à sa quête, une corde dans une main, un petit escabeau dans l'autre, encouragé en cela par les sorcières ou par un désir de dépouillement ayant enfin trouvé son sens. Ça ne pouvait être que l'un ou l'autre, ou bien il avait deviné où Dieu se dissimulait, ou bien il en avait perdu toute trace. Partant de cette deuxième hypothèse, soit il s'était égaré, soit il avait pris la seule voie possible après avoir découvert qu'il avait été trompé par quelqu'un qui n'existait pas.

Puisque le soleil était là, qui devait faire s'élever de la peau froide de Paul une légère vapeur, et puisque l'immobilité du dimanche ne pouvait me tenir captif, je décidai de partir à la recherche du prêtre de Trempes et de son Dieu, inconscient du fait que la lourdeur de mon esprit et de mon corps me ferait longtemps piétiner avant que je découvre que Dieu n'avait rien à faire dans cette histoire, avant que cette prétention qui me poussait à vouloir arracher aux morts les secrets de l'au-delà ne me révèle des secrets plus terribles encore, profondément enfouis dans la terre des hommes, la terre froide et humide *(noire, si noire...)* d'où vient et où retourne la douleur des hommes.

J'ai souffert de maux effrayants, j'ignore ce que me réserve encore mon passé.

Pascal Quignard,
Les Ombres errantes

2

C'est à l'église que tout a basculé, sur le territoire de Dieu, et si j'avais su, en prenant la route du village au son des cloches, où me mènerait la main d'Anna, j'aurais assurément renoncé au corps entier d'Anna, j'aurais abandonné avec tous les autres sacrifiés au cours de ma vie ce fantasme d'adolescence, pour retourner là où il n'y avait ni rivière, ni coyote, ni jeune fille attachée à la fragilité d'un saule. J'aurais renoncé à la vérité si j'avais su à quel point l'ignorance où je me trouvais était préférable à la clarté désertique dans laquelle s'effondrerait bientôt le village entier de Trempes. Or le fait est qu'on ne peut maudire la vérité qu'une fois en face, et cette vérité avait le visage de Faber, souriant dans la main d'Anna.

Mon seul but, en me rendant à l'église, était de voir qui avait si rapidement usurpé la place de Paul, et s'il y avait sur le visage de cet homme les traces d'une fracture interne, irréparable, d'une lésion de la foi dont la douleur, visible à la crispation des lèvres, pourrait me donner une idée des motifs ayant poussé Paul au suicide. C'est tout ce que j'attendais de cette incursion sur le territoire de Dieu et de l'immobilité (*car Dieu aussi est immobile, de même qu'aucun mouvement ne traverse l'éternité, j'entends par là aucun mouvement qui soit de nature à modifier le sens de l'éternité, aucun mouvement dont l'ampleur ne soit annulée par un autre déplacement du temps).* J'attendais une preuve de la précarité de toute foi, mais l'homme qui piétinait devant l'autel n'avait pas l'envergure du doute, et je fus incapable d'imaginer quelque parenté que ce soit entre lui et Faber. Cet homme mangeait à la table de Dieu avec l'aisance de qui croit y avoir sa place de toute éternité, alors que Paul ne devait s'en approcher qu'avec circonspection, se demandant s'il pouvait réellement se tenir auprès de celui dont il interrogeait quotidiennement l'existence.

C'est à ce moment, après avoir pris conscience de l'absence définitive de Paul de cette église, du fait que je ne le verrais jamais saisir le calice de ses mains tremblantes pour tenter de prendre part à la transsubstantiation en se saoulant de vin béni, que j'aurais dû m'en aller, avant que s'élèvent les accents enfantins de la voix d'Anna au sein de la rumeur monotone des prières débitées sans conviction, avant que je me demande, surtout, comment cette voix avait pu résister à l'usure des milliers et des milliers de paroles inutiles prononcées depuis l'enfance. Cette question, dont il m'aurait fallu mesurer la pertinence, contenait une partie de la vérité dont l'insoutenable clarté m'oblige aujourd'hui à des litanies de *mea culpa*, mais je n'y vis que nostalgie, et, trop heureux d'avoir enfin échappé à l'air vicié du cauchemar, je cessai de m'interroger pour suivre le chemin de la lumière du front d'Anna jusqu'à son cou et pour en faire ma communion, ma participation au grand mystère de l'incarnation de Dieu, pour me nourrir de cette clarté s'immisçant dans l'échancrure du manteau entrebâillé d'Anna en m'enivrant de l'odeur écœurante de l'encens, que les reflets du jour transformaient sur sa peau en un parfum dont il me semblait possible de palper la transparence. Je faillis même étendre le bras, m'imaginant qu'en cet état de grâce la lumière prolongerait mes doigts jusqu'à sa gorge délicate, puis je fus brusquement ramené à la réalité par les clochettes de l'*Agnus Dei,* qui me forcèrent à incliner la tête et à me rappeler que de toute clarté naissaient des ombres, et qu'il existait assurément un envers à la lumière, qui ne serait pas cette forme impalpable repliée sous le banc de bois, mais une émanation obscure, fondamentalement obscure, dont la source aurait la puissance de multiples soleils.

Quand je relevai la tête, l'œil des saints dans les vitraux s'était opacifié, et les fidèles s'alignaient pour la communion, en deux rangs serrés le long de l'allée centrale, tête baissée sur le souvenir de leur silhouette agenouillée. Cette soudaine pénombre me fit froid dans le dos et j'eus la fugace impression d'avoir déjà vécu cette scène, à la différence qu'aux visages impassibles qui descendaient maintenant l'allée, se substituaient des visages larmoyants, parmi lesquels j'aurais peut-être aperçu le mien si j'avais tenté un seul instant, de m'interroger sur l'origine de ces larmes. Envoûté par les charmes évanescents d'Anna, je chassai toutefois cette image pour me concentrer sur la lueur irradiant de son corsage pendant qu'elle mâchouillait le corps du Christ les yeux mi-clos, dans une attitude proche de l'obscénité qui ne fit qu'augmenter mon désir. À la sortie de l'église, je voulus la rattraper, mais elle s'éloignait en compagnie d'un enfant qui se tourna vers moi pour me faire un signe de la main, comme un au revoir, et dont le sourire me cloua sur place, là, sur le parvis de cette église nimbée de lumière dominicale, pendant que sa petite main retournait se réfugier dans celle d'Anna.

Le reste de la journée, je l'ai passé à me demander si je devenais fou, si le gamin suivant Anna existait vraiment ou si ce garçon ressemblant trait pour trait à Faber n'était que le fruit de mon imagination, puis je suis allé questionner Faber sur ce sujet. Je me suis rendu à la clairière, j'ai grimpé sur l'escabeau de bois et je l'ai regardé droit dans ses yeux morts, dans ses yeux de rat crevé, de menteur et de traître, avec une concentration et une pénétration telles qu'il serait forcé de me répondre. Mais il s'est contenté de me sourire de ses yeux fous, arborant sa mine de faux coyote où je ne lisais rien qui ne fût déjà inscrit en moi, avec tout le sarcasme dont il avait assurément été capable dès sa naissance, me faisant ainsi dégringoler jusqu'aux intouchables étés de mon enfance, dont je croyais le soleil immuable, dévaler la spirale du temps jusqu'à l'époque où il avait ouvert en moi la conscience de mon ridicule et de ma nullité, puis je suis tombé, dans le présent, dans le réel, en bas de l'escabeau mouillé où d'autres sourires se moquaient de mon ridicule, et je suis parti. Sans me retourner et sans avoir obtenu de réponse à ma question, je suis parti, tête baissée, offrant ma nuque à la brûlure des yeux morts de Faber.

Quand je suis rentré, le glas sonnait au village, et l'image ayant furtivement traversé mon esprit le matin, à l'église, s'inscrivit tout aussi furtivement dans le rectangle de la fenêtre où veillait la buse. Préférant associer cette vision aux récents effets de la fièvre plutôt qu'à une forme de prescience dont je refusais la potentielle menace (*ma confusion était telle que j'associais prescience et réminiscence, aptitude à saisir les signes annonciateurs de la tempête et macabres fantaisies des douleurs fantômes*), je chassai une autre fois cette procession funèbre comme on chasse un mauvais rêve et je saluai Lahaie, qui m'attendait dans la pénombre du salon en lissant le plumage d'une sarcelle au cou brisé, dont l'œil gauche semblait perdu dans les pensées effarantes de la mort, pendant

que son œil droit s'attardait à l'inhabituel remous de l'étang
où celle-ci était venue la chercher. En me voyant, il se leva
pour me souhaiter la bienvenue, et j'en conclus que la
lumière du dimanche, ou était-ce celle s'échappant de l'œil
droit de la sarcelle, lui avait redonné la parole. J'en profitai
pour lui demander pour qui sonnait le glas, tout en ayant
l'impression d'emprunter cette phrase à l'une de mes lointaines lectures, dont le vague souvenir faussait le ton de ma
voix et rendait presque ma question sans objet. *En fait, si
j'avais lu le roman que j'évoquais, je n'en avais retenu que le
titre, entrevu un jour sur les rayons d'une bibliothèque et qui
m'avait forcé à revenir sur mes pas pour lire et relire cette
question qui, je l'aurais juré, ne s'adressait à nul autre qu'à
moi : « Pour qui sonne le glas ? » Longtemps cette phrase m'avait
poursuivi, soulevant en moi la même culpabilité que l'œil vitreux
de la buse, comme si j'avais été responsable, en des temps dont
la clarté se refusait à moi, d'une mort non résolue, d'un crime
perpétré dans l'amnésie. Malgré son insistance, j'avais fini par
oublier cette question, et voilà qu'elle resurgissait, et avec elle
cette sourde culpabilité, issue cette fois de l'œil droit d'une
sarcelle fixé sur les remous d'un étang où je me vis patauger,
hagard, à la recherche d'un reflet perdu, reflet d'homme, d'ange,
d'oiseau ou de bête, je ne savais plus.* Lahaie ne parut cependant pas remarquer le vide dans lequel s'était abolie ma
question, et il murmura, tout en continuant de lisser le
plumage de la sarcelle, que le glas de novembre était le glas
des morts d'hier, que seule une sarcelle était morte aujour-
d'hui à Trempes, oubliant en cela les nombreuses morts
ayant quotidiennement lieu au fond des bois, puis il me
demanda d'où je venais, tout simplement, comme un vieil
ami qui s'est fait du souci, et je vis à ce moment qu'il était
effectivement vieux, à deux pas de rejoindre l'oiseau étendu

mollement dans la courbure de son bras, et que son souci était réel. Je lui répondis donc que j'étais allé communier, m'interroger sur le sens de la lumière, de ses émanations divines ou profanes. Il se contenta de ce demi-mensonge, nullement surpris que je l'enrobe de considérations mystiques, puis il quitta la pièce avec la sarcelle, à l'œil de laquelle il allait tenter de donner un aperçu de cette fausse éternité qui la condamnerait à l'immobilité du dimanche. Quant à moi, je suis resté avec la buse et, pendant que Lahaie affûtait ses instruments, j'ai observé la fenêtre qui se déplaçait lentement avec la tombée précoce de la nuit d'automne, me disant qu'une autre nuit irradiait peut-être sur nous tous, avalant jusqu'aux ombres témoignant de notre réalité.

~

Novembre nous avait rattrapés sans que je m'en aperçoive, dépouillant les quelques arbres qui avaient tenté de résister à l'inévitable état d'hibernation dans lequel nous serions bientôt plongés. Couché sur le sol enneigé de la clairière, dans l'axe nord-nord-ouest de l'arbre de Paul, qui constituait depuis peu le centre de mon univers, je regardais se précipiter sur moi les milliers de flocons de neige issus de ces régions de la haute atmosphère où l'esprit se perd et où le soleil s'arrête parfois, bloqué par des nuées plus fortes que son rayonnement. J'observais le ciel étourdissant, essayant en vain de me concentrer sur ce point sans cesse mouvant où mon esprit s'était égaré, pendant que les flocons, selon une règle de l'optique que je venais de découvrir, convergeaient tous vers ce point de mon être où mon esprit se serait auparavant trouvé, et je me disais que je devenais effectivement fou. Quand je m'étais levé ce matin-là, après une nuit traversée de rêves où le soleil était également absent, ma première pensée avait été pour Paul, puis pour l'enfant suivant Anna, puis pour Paul encore, que je me représentais nu dans les bras d'Anna, s'apprêtant à lui faire un enfant avec son sexe de pendu et sa semence de prêtre, au détriment des lois de la nature et de l'Église. Pendant que défilaient dans mon esprit les images de leur accouplement, au-dessus desquelles auraient pu s'envoler les colombes ressuscitées de Lahaie, je caressais mon propre sexe, dressé par une jalousie stupide et que je ne pouvais m'expliquer autrement que par une autre forme de jalousie pour l'homme que Paul était devenu, auquel je concédais volontiers le territoire de Dieu s'il me laissait l'exclusivité de celui des femmes, même si je n'avais jamais su que faire d'elles, c'est-à-dire les aimer, m'avaient-elles dit, comme si cela était possible, plus loin que leur parfum et que la douceur de leur peau. *Elles se plaignaient, je me souviens, de ma fuite systématique devant les pleurs, de ma surdité devant ces cris définissant un désir qu'elles affirmaient n'être aucunement charnel. Je ne comprenais et ne voulais comprendre du désir des femmes que ce qui m'autorisait à ne pas soulever leur chair pour voir ce qui se cachait dessous : encore des cris, je le savais, comme sous la chair des hommes, et que je n'aurais pu supporter.* Mais cela était trop loin pour moi, trop loin et trop près à la fois, ces régions situées sous la douceur de l'épiderme et qu'avait visitées Faber, du moins le prétendais-je, paré de l'humanité de l'ecclésiastique, alors que je n'avais pour moi que les mains tremblantes d'un homme sans la moindre piété ni la moindre foi.

Toute la matinée, assis devant la première neige de l'automne, j'avais ruminé cette jalousie, puis ce sentiment d'avoir été trahi par le seul être auquel je n'avais jamais menti. Paul n'avait aucun droit, me disais-je, de ligoter Anna tant que j'étais vivant, sinon en ma présence. Puis j'ai tout à coup pensé que cette corde enroulée dans le secret autour du corps d'Anna était peut-être celle avec laquelle il s'était pendu, dans un accès de culpabilité où la notion du péché aurait été plus forte que celle du pardon. Anna, de concert avec Dieu et avec le diable, tous trois confondus en une impossible trinité où Dieu devait faire figure d'hérétique, aurait donc été à l'origine de la perte et de la mort de Faber, qui aurait mangé à l'arbre du fruit défendu auquel il se serait ensuite pendu.

Et j'avais raison. J'avais encore tristement et scandaleuse-ment raison. Anna, Dieu et le diable étaient responsables de la mort de Paul. Ce que je n'arrive pas à m'expliquer, c'est com-ment la lumière d'une vérité aussi flagrante n'a pas déchiré les cieux pour me foudroyer sur place.

Troublé par ces pensées confuses, j'avais saisi la chemise de Lahaie et je m'étais rué vers la clairière. Aux abords de la piste du coyote, des empreintes m'indiquaient que celui-ci m'avait précédé, puis qu'il avait rebroussé chemin après avoir attrapé en route un petit animal dont le sang formait sur la neige un chapelet de gouttes d'un rouge éblouissant où je pouvais lire la progression de l'agonie de l'animal, dont la mort était confirmée par la raréfaction du sang, la pâleur graduelle des taches. Quelques jours plus tôt, j'aurais été révulsé par l'image du petit corps sanglant, sans doute un lièvre ou un vison, j'aurais été furieux en pensant à ce coyote n'ayant échappé à la mort que pour la donner à son tour, mais j'avais soudain l'impression d'être devenu insensible à la mort, peut-être parce que tous les morts qui m'entouraient, de Faber aux oiseaux de Lahaie, me semblaient plus vivants que je ne l'étais. Le souvenir des flancs faméliques du coyote me désignait par ailleurs la nécessité de ce que je nommais la cruauté, moi qui ne m'étais toujours nourri que de bêtes dont la carcasse et la peur, les hurlements, m'avaient été cachés. *Il m'arrivait souvent, quand le sommeil se refusait à moi, d'imaginer la lourdeur de l'atmosphère qui devait régner nuit et jour sur les abattoirs, jusqu'à ce que l'arrivée de l'aube, qui n'avait rien de salvateur, rende ces images insupportables et m'oblige à les recouvrir du fracas d'activités n'ayant d'autre but que de faire taire les cris inutiles et apeurés des bêtes qui allaient mourir pour moi. Les hurlements des bêtes égorgées, me disais-je, étaient des hurlements d'aube, et ma hantise s'accroissait de ce que je ne pouvais abolir aucune aube.* Je repris donc ma route en me signant, je ne sais pourquoi, peut-être à cause d'un phénomène de contagion provoqué par les inextricables notions du bien et du mal dans lesquelles je m'enlisais.

Arrivé dans la clairière, je fus tout de suite frappé par le déconcertant silence de mes pas, puis par l'allure de Paul, qui ressemblait à un guignol de neige, un pantin suspendu à un gigantesque arbre de Noël par des enfants ne connaissant ni le scrupule ni la compassion. Subitement, mon appréhension disparut et je courus vers lui, pour secouer sa chevelure et essuyer son front glacé où la chaleur de ma paume fit ruisseler quelques gouttes qui se frayèrent un chemin jusqu'à l'œil, où elles se figèrent, comme des larmes de glace, bleutées près du blanc crémeux engloutissant le globe oculaire. Je restai d'abord là à fixer ces larmes, un peu hébété, comme je l'avais toujours été devant les larmes des hommes, désorienté par cette manifestation de sentiments qui ne devaient être dévoilés qu'à la faveur de certaines aubes grisâtres, quand la fatigue et l'alcool ont fait leur œuvre, puis je me demandai si Paul ne se moquait pas encore de moi, s'il n'avait pas retenu ces larmes dans l'unique but de faire naître ma culpabilité. Ce faisant, je pris conscience de l'absurdité d'un tel raisonnement et de la pente dangereuse sur laquelle ma relation

avec Paul Faber, qui n'était que la représentation morbide
d'un passé que je tentais de faire revivre, me faisait lentement
glisser. J'arrachai donc du bout de l'ongle les fausses larmes
de Paul, sur lesquelles de minuscules fragments de chair
avaient adhéré, pour que ne subsistent plus entre nous les
traces d'une tristesse n'existant que dans mon esprit, puis je
m'assis sur l'escabeau et je parlai, pendant des heures je parlai,
évoquant nos souvenirs d'enfance, nos peines d'hommes, nos
pleurs enfouis. *Je ne me rappelle que très vaguement cet interminable monologue, qui constitue cependant la preuve que je
n'avais pris conscience de rien, ni de l'absurdité de mon comportement, ni de l'inclinaison de la pente où je m'étais engagé,
ni de ma faculté à nier certaines évidences, comme le silence des
morts. Je me revois parlant, petite chose sombre assise dans la
blancheur de la clairière et qui gesticulait parfois, montrant un
point de la forêt où se serait tout à coup trouvé un souvenir,
éclatant d'un rire qui constituait un signe de folie certaine, de
cette folie que nous avons tous de parler aux morts, tant que nous
sommes, agenouillés devant une pierre froide ou recroquevillés
dans une douleur d'où nous leur demandons de nous tirer, les
prenant à témoin d'une joie qui nous fait sautiller, là, qui nous
fait virevolter sous le ciel bleu, pour ensuite constater que le plus
grand pouvoir des morts est d'accentuer la douleur, mais pas la
joie, pas la joie, éclatant d'un rire fou puis me taisant, conscient
de cette folie et du silence, puis reprenant mon monologue,
souvenirs à l'appui, rires, amples gestes des bras vers le passé, des
heures durant, des heures, seul avec un fantôme.* Quand je
considérai que nous avions évoqué suffisamment de pleurs
pour aborder le sujet de la trahison sans nous trahir encore,
j'osai demander à Paul s'il avait aussi communié au corps
d'Anna, s'il avait cherché Dieu ou sa lumière dans son corps
épargné par le temps, mais la neige, à ce moment, avait de

nouveau recouvert son visage, et je n'entendis pas la réponse qu'il souffla entre ses lèvres, en même temps que le vent se levait et qu'un léger tourbillon s'enroulait autour de son corps en une spirale irrégulière et l'enfermait dans son silence. Je balayai donc une autre fois la dépouille enneigée de Paul puis je me couchai près de son arbre, malgré le froid qui me transperçait, avec la ferme intention de ne repartir que lorsque la neige aurait cessé, pour pouvoir dégager son regard et lui permettre d'admirer la blancheur de la clairière, à peine maculée des petites pattes étoilées des corneilles qui ne le blesseraient plus, puisque demain, je lui apporterais une couverture et envelopperais son corps glacé. Nous reprendrions alors notre conversation, entre amis, entre hommes, en nous demandant comment un pays où la mort s'installe six mois par année peut seulement exister, et s'il est possible de trahir l'enfance sans en éprouver de remords, prouvant en cela que l'enfance se serait trompée.

~

Là où je suis, la neige est en train de céder la place à la noirceur du sol. Novembre nous a quittés, tout comme les mois qui ont suivi, plus lentement qu'ils étaient arrivés, cependant, beaucoup plus lentement. Le froid est d'ailleurs demeuré sur Trempes, dans la couleur de Trempes, et je sais maintenant, tandis que je regarde la froideur à ma fenêtre, que l'on ne peut trahir l'enfance impunément, parce que cela irait à l'encontre de la seule beauté qu'il nous reste quand, par bonheur, nous arrivons à fermer les yeux sur ce qu'est devenue notre vie. Je sais aussi qu'on peut décider de tuer l'enfance, de l'abolir, pour n'avoir pas à la trahir. Je sais cela, et qu'entre la trahison et la négation, il n'y a que peu de différence, que le châtiment est le même, insupportable.

~

Je ne m'étais jamais demandé, jusqu'au jour où j'apportai une couverture de laine à Paul, si les morts avaient des désirs et s'il était de notre devoir de respecter ces désirs, car rien ne prouvait que les requêtes des morts soient justifiées, ni que leur satisfaction soit de nature à assurer leur bien-être. Je fus pourtant contraint de me poser cette question quand je tentai de déposer la couverture prise à Lahaie sur les épaules de Paul et qu'il la rejeta au pied de son arbre. Je crus d'abord que celle-ci avait simplement glissé de ses épaules enneigées. Je recommençai donc, je descendis de l'escabeau, secouai la couverture, grimpai de nouveau, balayai les épaules de Paul, mais la couverture tomba encore, comme si le corps de Paul était tout à coup devenu immatériel et ne pouvait de ce fait porter quelque objet que ce soit.

Ce n'est qu'à ma quatrième tentative, alors que je commençais à m'inquiéter, tout en me disant que l'horreur que j'avais sous les yeux, conjuguée à l'odeur qui me faisait retenir mon souffle, ne pouvait appartenir au domaine des apparences, que je perçus le léger, oh, très léger mouvement des épaules de Paul vers l'arrière, et que je compris mon erreur. Paul refusait simplement la couverture que je lui offrais, et cela, pour des motifs que j'ignorais. Je considérai d'abord cette attitude comme un affront, une façon de s'opposer au rapprochement que je tentais et auquel rien ne m'obligeait, puisque c'est moi qui avais été trahi. Je m'apprêtais à quitter la clairière en abandonnant la couverture près de son arbre, pour qu'il se rende compte, lorsque le froid se ferait plus intense, ce qui n'allait pas tarder, tous le savaient, les oiseaux, les hommes, les arbres, qu'il avait eu tort de rejeter d'un haussement d'épaules cette couverture qui gisait là, devant lui, et qui aurait pu lui apporter un certain réconfort, puis je me dis que ma conclusion était peut-être un peu hâtive et qu'il était possible que Paul désire seulement boire son calice jusqu'à la lie, dans la plus totale nudité. Si c'était le cas, je me devais de respecter cette volonté de dépouillement, ainsi que j'avais respecté son désir de mourir debout et ne m'étais pas empressé, comme tous l'auraient fait, de coucher son corps, de l'étendre dans cette position des corps en partance pour le repos éternel, mains jointes et yeux clos.

J'en étais toujours à me demander s'il me fallait me soumettre à la volonté de Paul ou le protéger contre son gré, lorsque je me rendis compte à quel point ses épaules s'étaient affaissées, et constatai que sa carrure n'était plus celle d'un homme, mais celle d'un enfant chétif cherchant à se replier sur lui-même. La mort faisait son œuvre, conduisant le corps vers son anéantissement, et je pensai à ce que l'on dit parfois des vieillards, à leurs mains se refermant pour se glisser doucement dans celles de leurs fils, de leurs filles, se déchargeant ainsi, à quelques pas de la fin, du lourd devoir lié à l'engendrement. Paul, après que la mort l'eut fait vieillir à une fulgurante vitesse, redevenait peut-être le petit Faber, à moins que la douleur issue du contact de la laine et de sa peau nue n'ait été à l'origine de sa réaction.

Je ne savais plus si le comportement de Paul était orgueil, faiblesse ou foi, mais, quand la neige se remit à tomber sur la clairière, fine et légère, j'oubliai les possibles aspirations des morts et décidai de faire ce pour quoi j'étais là : prendre la main de Paul dans la mienne. Je grimpai donc sur l'escabeau une dernière fois et, au lieu de déposer la couverture sur les épaules de Paul, je la mis sur sa tête, en rabattis les pans autour de son corps amaigri, puis en nouai les deux extrémités.

Il avait une allure étrange, protégé des intempéries par ce linceul improvisé, et ressemblait à un moine qui aurait choisi d'isoler sa foi au centre de cette clairière, loin des tentations du monde. Je le regardai longtemps, surveillant la moindre réaction qui aurait exprimé un nouveau refus, mais Paul ne paraissait pas incommodé par ce vêtement. Son attitude se modifia toutefois, ou est-ce moi qui perçus avec plus d'acuité ce qui m'avait échappé plus tôt, car le moine, peu à peu, disparut, avec tout ce qui avait évoqué pour moi l'enfant, pour faire place à un ange gris, un ange du purgatoire hésitant, les ailes rabattues, entre l'appel de la terre et celui des cieux. Ainsi transformé, il me parut tout à coup moins fragile, beaucoup plus près de l'image que j'avais de lui, la mine assombrie par l'indécision qui le plaçait entre son Dieu et son désir de vivre au-delà de ses lois.

Quand le soir nous surprit, je le vis même se mettre à trembler, non parce que le froid se faisait plus mordant, je le savais, mais parce que l'emprise de Dieu s'atténue avec la lumière. À ce moment, je me mis à trembler aussi, tout à coup conscient du froid intense qui régnait sur cette clairière, et qui n'était pas seulement dû au déclin de la saison, mais à la peur faisant s'entrechoquer les chairs de Paul, et qui semblait avoir teinté, de tout temps, l'atmosphère de ce lieu. J'eus alors envie d'aller prendre Paul dans mes bras, mes bras d'homme vivant n'ayant jamais tenu, hormis les femmes dont je refusais les pleurs, un être se définissant par sa vulnérabilité, n'ayant jamais servi à ce que l'on attend des bras d'un homme, qu'ils enveloppent de leur force ce qui a besoin de l'illusion d'être protégé, quitte à plus tard retomber lourdement le long du corps, paralysés par une impuissance qu'il importe de cacher à tous. Je cédai pourtant à ma propre peur et demeurai celui que j'avais toujours été, incapable d'avoir recours à ses bras d'homme.

Avant de quitter la clairière, je murmurai toutefois que je continuerais, quoi qu'il en dise, de veiller sur lui, de même que je veillais sur notre enfance, mais le cœur n'y était pas, puis ma voix s'éteignit complètement lorsque je vis, s'agitant sous l'arbre, un ange noir qui se moquait de ma stupidité. Sur le chemin du retour, je tentai de me convaincre que la raison s'atténue aussi avec la nuit, mais j'avais le sentiment, une autre fois, d'avoir été floué par cette candeur qui m'avait jadis tenu dans l'ombre de Paul Faber, et d'avoir prêté à mon ami des sentiments qui en auraient fait la risée de tous les anges noirs parmi lesquels il évoluait dans les profondes ténèbres des suicidés.

～

Je savais bien qu'il me faudrait tôt ou tard aborder sans détour le sujet de Paul avec Lahaie, que je ne pouvais longtemps encore tenir notre relation secrète et faire comme si je ne demeurais à Trempes que pour la beauté du décor ou pour m'y imprégner d'un passé qui, de toutes façons, se refusait à moi. J'attendais seulement le moment propice, celui où Lahaie et moi pourrions enfin évoquer sa mort comme un fait indubitable et nous pencher ensemble sur les motifs de cette mort en fixant le fond de nos verres.

L'arrivée de la neige, le calme que sa présence installait autour de la maison, me poussa à interroger Lahaie dans le but de lui arracher ce qu'il savait avant de passer moi-même aux aveux. Je lui demandai donc, pendant que le jour déclinait sur la nouvelle blancheur nous entourant, s'il savait ce qu'était devenu Paul Faber, s'il avait une idée de la raison pour laquelle celui-ci avait précipitamment quitté Trempes sans aviser quiconque et, surtout, si Paul semblait avoir perdu la foi ou s'être plutôt rapproché de Dieu avant sa disparition. Lahaie demeura quelques instants interdit, comme s'il ne voyait pas de qui, de quoi je voulais parler, puis, pour toute réponse, il marmonna que cet interrogatoire était absurde et que je savais assurément mieux que qui que ce soit ce qu'était devenu Paul Faber. Cela était un fait, personne ne pouvait être plus près de Paul que je ne l'étais, mais je voulais que Lahaie m'explique d'où lui venait cette certitude. Quand je revins à la charge, il me regarda d'un air étrange, où je perçus une sourde inquiétude, et peut-être un soupçon de colère, puis il sortit sans un mot de plus.

C'est probablement ce soir-là, dans le froid refuge de la neige, que Lahaie devina ce qu'il était advenu du gamin qui avait quitté Trempes vingt-cinq ans plus tôt et qu'il comprit la force puis la nécessité de l'oubli. Ce qu'il ne parvint pas à comprendre, c'est que l'intensité de la douleur puisse pousser l'esprit à reconstituer le passé d'où provient cette douleur. Je ne le comprends pas non plus, je ne comprends pas cet antagonisme de la pensée qui nie et recrée à la fois.

Lorsque Lahaie rentra, j'étais assis au même endroit, à attendre patiemment, malgré une migraine qui me brouillait la vue et faisait vaciller les oiseaux autour de moi, une réponse qu'il n'aurait pu me donner quelques heures plus tôt, mais que mon insistance l'avait poussé à aller chercher là où elle se trouvait. Lahaie revenait de la clairière, j'en étais persuadé, Lahaie revenait d'aussi loin que moi, et il savait enfin, après l'avoir peut-être soupçonné, que Paul était mort. Lahaie avait découvert le corps gelé de Paul Faber, suspendu entre ciel et terre, qui lui avait fait des révélations que je n'avais peut-être pas entendues, mais qui étaient assez troublantes pour faire vaciller cet homme au même rythme que ses oiseaux. Il savait également que le cadavre gelé de Paul, trop gelé et trop pourri pour encore intéresser les oiseaux, était maintenant l'affaire des hommes, des deux hommes que nous étions devenus, l'un et l'autre interrogeant la mort à leur manière.

Je crus donc avoir trouvé un complice, quelqu'un qui pourrait peut-être m'aider à comprendre la torture que m'infligeait mon ignorance devant la mort de Paul Faber, et si je me trompais, je ne me trompais qu'à demi, car Lahaie m'aiderait effectivement à creuser la source de mon mal, mais plus tard, quand il se rendrait enfin compte qu'il était inutile d'attendre, que le moment d'intervenir était venu, puisque aucun moment, qu'importe le temps qu'il laisserait glisser entre Paul et moi, ne serait préférable à un autre. Il fallait frapper, c'est tout, porter le coup fatal et attendre que la plaie s'ouvre, que le pus suppure et que, dans la coulée du sang, quelques cris apparaissent, assez puissants pour faire tomber tous les voiles, remparts, écrans, protégeant des blessures. D'ici là, le terrible secret qui nous liait demeurerait tu, et je devrais vivre dans le lourd silence de Joseph Lahaie, l'empailleur, l'homme qui parlait aux morts et vivait avec eux.

Or Lahaie tombait. Or je ne savais pas que, derrière son silence obstiné, Lahaie dévalait avec moi vers le passé, pendant que les pans de son manteau tourbillonnaient dans le vent de la chute et qu'il éprouvait la peur de l'oiseau blessé en plein vol, brusquement soumis aux lois d'une gravité par laquelle il ne s'était pas cru concerné jusqu'alors. Lahaie expérimentait cette loi incontournable entre toutes, voulant que le poids de l'homme le pousse inexorablement vers l'arrière.

~

Dans les jours qui suivirent, puisque Lahaie me refusait la
complicité que j'espérais, je continuai de ruminer la trahison
de Paul, possédé par un désir de vengeance qui prenait des
proportions démesurées au regard de la faute dont je l'ac-
cusais et me faisait oublier pourquoi j'étais revenu dans ce
village où l'ennui et la grisaille recouvraient tous les étés
possibles, présents ou à venir. Je voyais le temps s'écouler
sans véritablement agir, paralysé par une forme de passivité
que j'attribuais à l'alcool de Lahaie, dont j'augmentais quotidiennement ma consommation, mais qui n'était due qu'à
l'immense fatigue que je traînais avec moi, et à la peur, je
crois, de ne pouvoir découvrir qui était Paul Faber ni à quel
moment il me fallait situer le point de rupture où ma vie
s'était scindée. Vouloir reconstituer les états lumineux de
l'enfance était une entreprise vouée à l'échec, et je me disais
qu'il aurait mieux valu que je ne revienne jamais à Trempes
et que je ne revoie jamais Anna Dickson, dont la beauté était
responsable à la fois de ma colère et de mon apathie. C'est
pourtant vers elle que je me dirigeai un matin où, incapable
de demeurer dans la maison de Lahaie, j'eus l'impression que
ma migraine s'était atténuée, elle qui ne me quittait guère
qu'au moment où l'alcool, après avoir empâté ma bouche,
envahissait enfin la seule région encore sensible de mon corps.

Je me promenai d'abord dans les environs de Trempes,
empruntant des rangs déserts où plus personne n'habitait
depuis longtemps et où je reconnaîtrais peut-être l'un de ces
décors qui me faisaient autrefois rêver, mais le cœur n'y était
pas et je revenais sans cesse sur mes pas, cherchant désespérément de quoi m'apaiser dans la beauté désolée du paysage,
dans le délabrement de ces vieilles maisons où je ne voyais pas

l'abandon, mais les rires qui avaient éclaté sous leurs toits. *Nulle part au monde, je dois l'avouer, je n'ai trouvé autant de beauté ni de désolation que dans ces demeures en ruine de Trempes, près desquelles je m'acharnais à recréer les images d'une joie passée. Après vingt-cinq ans, je retrouvais cette beauté intacte, cette tristesse intouchée des choses vouées à la décrépitude, tout en redécouvrant l'immense sentiment de solitude auquel vous condamnent ces objets qui n'ont nul besoin de vous, ni de votre regard, ni de vos mots. Malgré ce sentiment, j'avais besoin de la tranquille assurance qu'ils me donnaient d'une paix possible avec le monde. Je me plaisais dans ces paysages où la perte s'assumait en silence et où l'homme n'avait laissé que sa trace, de moins en moins visible à mesure que la paix des choses effaçait son passage. J'avais été privé plus de la moitié de ma vie de ce contact avec une autre dimension du monde, où le temps ne s'agitait pas, et j'en gardais le sentiment d'avoir perdu cette partie de moi grâce à laquelle j'aurais pu être non seulement une ombre, mais une ombre penchée sur la conscience de sa fragilité.*

Après avoir inutilement roulé durant une heure ou deux, j'avais décidé, poussé par un ressentiment dont je n'obtiendrais aucune satisfaction, que le moment des véritables retrouvailles avec Anna était venu, et que si mon désir de vengeance devait être soulagé, c'était dans les bras frêles et blancs d'Anna Dickson. Quand j'ai frappé à sa porte, elle a d'abord hésité, anticipant peut-être le cauchemar dans lequel l'homme qui sommeillait en moi allait l'entraîner, puis, après un silence où son instinct a probablement cédé à l'excitation que provoque le risque, elle est montée près de moi dans la voiture. Conscients du malaise qu'installaient entre nous vingt-cinq années de silence, nous avons échangé un baiser timide, puis nous avons roulé sans but sur les routes boueuses sillonnant les bois de Trempes, là où ne s'aventuraient que les chasseurs et les bûcherons, les âmes perdues cherchant un sens à une peine qui n'en avait aucun. Nous demeurions silencieux, attendant la parole, l'allusion, le geste qui pourrait combler l'incommensurable distance nous séparant, mais aucun mot, aucun sourire ne semblait avoir ce pouvoir. Puisqu'il était la cause de notre rapprochement, j'aurais aimé lui parler de Paul, de sa mort, de l'obligation devant laquelle il me plaçait de fouiller son passé en même temps que le mien, mais je n'y arrivais pas, conscient du fait que j'étais devenu l'étranger, celui qui l'avait abandonnée nue dans la forêt, ligotée à un arbre arraché depuis par la force de ses contorsions.

Lorsque la pluie commença à crépiter sur la toiture, je pensai que la nouvelle intimité dans laquelle nous enfermerait ce bruit favoriserait peut-être nos confidences. Je garai donc la voiture et, dans la chaleur engourdissante de l'habitacle, je commençai à lui parler de Paul et de l'enfant dont il lui avait confié la charge. Mes paroles coulaient, tout à coup libérées de l'entrave de la gêne, faisant s'accumuler la buée sur les vitres et s'assombrir le doux visage d'Anna. Puis, je ne sais pourquoi, je lui dis de but en blanc que je voulais aussi lui faire un enfant, un gamin qui pourrait courir derrière celui de Paul et rattraper le temps qui avait fui sans que je m'en rende compte. Ce disant, je me mis à embrasser ses mains, dont j'associai la froideur et le tremblement à la pluie nous isolant du monde, je caressai son cou, dont je fis mine de ne pas sentir le raidissement, puis je laissai ma bouche se diriger peu à peu vers le but que je visais, pendant que, d'une main ferme, je dégrafais le corsage d'Anna, totalement indifférent à sa réticence, que je faisais glisser puis basculer son siège vers l'arrière, me souciant peu de son refus et ne comprenant plus le sens des mots qu'elle prononçait, sentant à peine la force de

ses poings contre mon torse, n'entendant pas ses supplications et interrompant brutalement le flot incohérent de ses
paroles avec ma bouche, au risque de l'étouffer, de lui faire
avaler le sang s'écoulant de ma lèvre, où ses dents avaient
ouvert une blessure dont je ne sentais pas le feu, malgré la
sourde pulsation irradiant de la déchirure. Affalé sur Anna,
je tentais d'éprouver le plaisir de la vengeance, banalement
distillé par les frissons purement charnels d'un coït attendu
depuis toujours et dont j'espérais une libération qui se solda
par un accroissement de mon désir. Puisque je ne pouvais
savourer ma revanche dans les bras d'Anna, je savourai tout
ce qu'il est possible de savourer dans les bras d'une femme à
laquelle nul lien ne vous lie que celui du souvenir, puis, après
ce bref moment où votre mémoire vous quitte, calmé mais
non repu, je pris conscience de l'horreur de la scène.

J'imagine que tout cela se fit très rapidement, à travers les
protestations et les pleurs d'Anna, mais j'en garde le souvenir
de cette extrême et intolérable lenteur précédant parfois la
jouissance. Lorsque mon dos heurta enfin le tableau de bord
et que mon cri résonna, je ne savais plus où j'étais ni qui était
cette femme dont la honte altérait les traits au point que je ne
la reconnaissais plus, mais je savais désormais qu'il y avait
assez de fureur en moi pour que je cède à la violence. J'avais
une idée de l'opacité du désir qui obscurcit toute forme de
sentiment, comme une vague irréfrénable déferlant sur la
conscience, et ressentais un dégoût sans fond pour l'homme
que j'étais et qui ignorait la présence en lui d'une brutalité de
nature à susciter la honte des femmes. Je restai une ou deux
minutes dans cette position ridicule et inconfortable, à écouter
mon pouls égrener les secondes contre mes tempes, puis je
regagnai mon siège et demandai pardon, comme un idiot,
pendant qu'Anna examinait silencieusement ses bas déchirés,

où quelques gouttes de sperme luisaient sur les reflets dorés du nylon.

Sur le chemin du retour, alors que l'auto zigzaguait dans la boue et qu'une nuit peu crédible, virant au rouge, s'abattait sur les bois, je l'entendis me dire, d'une voix si lointaine que je la percevais à peine, d'une voix qu'on aurait crue venue du fond des bois, des temps, qu'il n'y avait pas d'enfant, pas d'enfant de Paul, pas d'enfant du tout, et qu'il n'y avait plus d'Anna Dickson, ce qui, après un interminable silence, déchaîna en moi un rire incontrôlable, mêlé de stupides larmes qui embrouillaient la route où, à chaque tournant, surgissait un coyote effaré, où se balançait derrière chaque arbre l'ombre d'un pendu dont le corps se convulsait aussi de hoquets incontrôlés, de concert avec moi, le ventre lacéré des crampes provoquées par la désopilante plaisanterie d'Anna, si drôle qu'il me faudrait la raconter le plus rapidement possible à Lahaie, à Faber, à tous ceux qui voudraient l'entendre. Lorsque je déposai Anna chez elle, je ne riais plus et ne savais pas quand mon rire s'était arrêté. Je savais néanmoins que je ne reverrais jamais Anna, qu'Anna n'existait pas, qu'elle n'existait effectivement plus, sinon en ces persistants souvenirs où elle demeurait attachée à son arbre famélique.

Je l'entends encore, cette voix, qui chante au fond des bois, « il n'y a pas d'enfant, Charlie, il n'y a plus d'Anna Dickson », lointaine, et qui s'éloigne à chacun de mes pas, me pousse à m'enfoncer plus creux dans la forêt où c'est la nuit, qui chante, et rit, comme un écho venant de partout à la fois : « Il n'y a plus d'Anna Dickson. » Je l'entends et je sais qu'elle sera toujours là, minuscule et trompeuse, cherchant à m'attirer dans son sillage, à m'empêcher de ressortir de la forêt. Je l'entends comme j'entends maintenant les pleurs d'Anna Dickson.

Je regardai sa silhouette disparaître dans l'ombre de la maison, espérant y voir apparaître celle de l'enfant de son sang dont elle niait l'existence, puis j'essuyai la sueur maintenant froide que mon accès d'hilarité avait déposée sur mon front. Sur le bout de mes doigts, la nuit virait également au rouge, et je vis en abaissant le rétroviseur que les ongles d'Anna avaient entaillé ma tempe gauche sur deux ou trois centimètres où mon pouls cognait de nouveau comme un forcené. Je vis aussi que mes yeux étaient injectés de ce rouge qui avait un peu plus tôt teinté l'atmosphère, donnant à toutes choses la couleur de ces rêves où la réalité se montre soudain sous son vrai jour, qui se nommerait la nuit, le sang, le battement du sang sur la terre entière. Quand je remis l'auto en marche, la pluie avait repris en intensité et c'est en zigzaguant de plus belle que j'aboutis chez Lahaie, où une lampe était restée allumée à mon intention. Dans la petite chambre, l'ombre de Lahaie allait et venait, familière, rassurante, mais je n'en fus pas pour autant rassuré, car elle semblait se liquéfier à travers le halo informe ondulant devant le pare-brise. Je fermai les yeux et je sombrai lentement au centre du gouffre ouvert en moi, puis, lorsque je les rouvris, le halo n'était plus là. Ne subsistaient ici et là du souvenir des dernières heures que des taches rougeâtres éclatant dans la luminosité du jour.

Malgré mes courbatures, je remis la clé dans le contact et pris la direction de la rivière aux arbres morts, où le vent glacial, tout aussi peu vraisemblable, pour un début de novembre, que les couleurs ayant marqué ma rencontre avec Anna, me força à courber les épaules et à constater que je n'avais plus cet âge où le simple fait de braver les intempéries suscite l'euphorie, le sentiment d'une invincibilité vous donnant l'illusion de l'immortalité. Je n'étais plus invulnérable et je n'avais jamais été si tristement mortel, avec ce sang séché sur mon front et mes doigts, avec ces douleurs au dos et aux genoux me rappelant à chaque mouvement le poids de ma faute, l'origine de cette culpabilité faisant ployer mon corps honteux.

C'est dans cette posture pouvant évoquer le repentir, quand elle n'était que le signe de ma fatigue et de mon âge, que je me suis rendu dans la clairière, où je me suis agenouillé aux pieds de Paul afin de m'adresser à lui, pour la première fois de ma vie, comme on s'adresse à un confesseur, prenant à témoin le prêtre, l'homme de Dieu, quels qu'aient été ses rapports avec ce Dieu. Puis, après avoir réalisé quel déplorable tableau nous devions former tous les deux, avec nos visages tuméfiés, nos blessures jumelles, j'ai pleuré sur Faber et sur moi, sur la chose pitoyable que j'étais devenu, sur cette loque assez stupide pour croire qu'un retour vers l'enfance pouvait la sauver de la décrépitude. Je ne sais plus exactement ce que j'ai fait après. J'ai dû reprendre le sentier en titubant, à demi allégé par une confession dont je n'avais attendu aucune absolution, ramener la voiture comme un homme ivre et zigzaguant, zigzaguant encore, pour ensuite affronter le regard incisif des chouettes et aller m'affaler sur ce lit qui était devenu le mien, dans cette chambre où j'avais l'impression que ma vie devait aboutir un jour.

Je ne savais plus où j'en étais et ne savais pas davantage où tout cela me mènerait, mais il était clair que je m'étais trompé en cours de route, que j'avais raté l'intersection où ma vie avait bifurqué pour m'égarer au cœur d'un territoire inconnu où rien ne portait la trace de ces couleurs éblouissantes bordant la route qui m'avait ramené à Trempes, il y avait de cela si longtemps que je m'étonnais de n'être pas déjà en plein hiver. J'ignorais où j'avais fait erreur, où l'on m'avait piégé, où j'avais perdu la trace de mes propres pas, pénétré de cette force lente et implacable qui s'emparait de moi, mais il me fallait absolument ressortir de la forêt, trouver ce croisement où aurait dû me mener le sentier du coyote et quitter Trempes comme j'y étais arrivé, dans l'urgence et la confusion, avant que vienne l'hiver.

~

La neige avait fini par fondre, me prouvant que je pouvais encore me fier à certains de mes repères et qu'il me restait un peu de temps pour réagir avant que le froid, avec l'alcool de Lahaie, ne m'immobilise tout à fait. Près du lac avalant son écume, mes pieds laissaient derrière moi de larges empreintes dans le sable mouillé, semblables aux segments décomposés d'un animal venu de très loin pour mourir sur cette plage, arthropode ou reptile d'une époque elle-même révolue. Dans les anfractuosités des caps, une mince couche de glace recouvrait l'eau des dernières vagues soulevées par le vent furieux par-dessus la courbe polie du roc, y dessinant de curieux ovales sous lesquels quelques bulles d'air, parfaitement rondes, se déplaçaient sous la pression du doigt, parfois bloquées par l'arête séparant deux ovales entrelacés. Accroupi sur le sol, j'essayais d'abolir toute réflexion qui n'aurait pas été liée à la portion du monde comprise dans mon champ de vision, m'étonnant de l'absence d'angles droits dans ces minces figures où l'eau se figeait, saisie dans ses derniers mouvements avant le gel. La pierre aussi, me semblait-il, évoluait dans un univers courbe où les angles droits n'étaient que le fruit d'accidents, de brusques ruptures emportant soudain des pans de matière érodée, et il me plaisait de penser que la mémoire de l'eau, incrustée dans la porosité de la pierre, puisse être une mémoire de la rondeur.

J'interrogeais les nervures de la pierre, ses strates, avide de tout objet susceptible de m'entraîner dans la rationalité d'une pensée pure, mais aucune pensée n'avait cette pureté que je recherchais, cette capacité de me faire oublier qu'Anna Dickson avait pleuré contre son gré entre mes bras et que j'étais un homme dangereux, que l'on devait tenir éloigné de la fragilité des femmes. *Or je sais aujourd'hui qu'au fond de moi, j'avais toujours été conscient de ce danger ancré dans mon corps d'homme, raison pour laquelle je n'avais jamais pu m'approcher d'une femme sans songer à cette délicatesse des os et de l'âme, à cette vulnérabilité du corps entier, puis à cette propension de l'œil des femmes à s'embuer, à se couvrir d'une eau où pouvait s'inverser le reflet de ma potentielle violence.*

Tenter de décrire le nouveau sentiment qui me possédait (*«posséder» est le mot, car je n'avais plus la maîtrise de mes pensées ni de mes actes et avais perdu cette souveraine faculté, non de l'oubli, mais de la distraction, fût-elle brève et confuse; même dans les minces couches de glace près desquelles je m'accroupissais, apparaissait la honte que j'avais transmise à Anna Dickson et qui aurait dû être entièrement mienne*), tenter de décrire ce sentiment, mélange de culpabilité, de repentir et de dégoût envers moi-même, me semble toutefois aussi difficile que d'essayer de raconter un rêve dont la dureté des images s'est atténuée au réveil. Les images du viol d'Anna avaient été rayées de mon esprit par la lumière du jour, et il ne me restait de mon assaut contre cette femme que la certitude de sa barbarie, issue des dangers multiples habitant mon corps d'homme. Le souvenir du corps violenté d'Anna ne m'apparaissait plus que comme une abstraction, et la nuit teintée de rouge dont je lui avais imposé la traversée continuait d'étaler sa lugubre lumière sur les arbres de Trempes, sur les maisons de Trempes, sur son ciel et ses routes boueuses, si bien que toute chose, hormis ma honte, en perdait sa substance et sa réalité.

Je tentais, poussé par un désir d'expier par la pénitence, de reconstituer la scène où mon corps avait assailli celui d'Anna, où il l'avait écrasé, pénétré, nié, mais le corps d'Anna, chaque fois, disparaissait sous l'ombre du mien, échappait à mes mains crispées, et il ne restait plus que moi dans la voiture, m'acharnant sur le fantôme d'une femme qui avait fui le cauchemar, agrippant de mes mains moites le cuir craquelé de la banquette et me frappant le dos contre le tableau de bord d'où un ourson misérable, le poil pelé et les yeux arrachés, relique d'un temps qui me rattrapait, tombait sur le tapis mouillé par les bottes d'Anna, des petites bottes roses, de caoutchouc rose liséré de noir. Je confondais tout, la petite Anna se superposait à la femme envolée, et je ne retrouvais rien du contact de sa peau, de sa bouche, de ses dents. Mes blessures étaient pourtant là pour me prouver que tout cela avait bel et bien eu lieu, qu'une femme avait tenté d'endiguer mon désir de vengeance en plantant ses ongles dans ma chair, mais je ne connaissais plus le nom de cette femme, et je ne savais plus, pendant que mes blessures se cicatrisaient, auréolées de cernes jaunâtres, si je devais croire les miroirs, si je devais me fier à cet homme au visage ravagé qui cherchait en vain le soleil dans sa chambre donnant au nord, ou si toute ma vie n'était que mensonge et illusion.

C'est ce que j'aurais dû demander à Faber, à genoux devant lui dans la clairière, si le mensonge avait précédé ma faute, ou si une autre faute, qu'il aurait fallu qualifier d'origi-nelle, avait à sa suite entraîné mon mensonge. Je ne parvenais plus à me représenter la suite naturelle des causes et des effets, et j'avais beau réfléchir à tout ce qui s'était passé depuis mon arrivée à Trempes, mes réflexions me menaient dans une impasse qui n'était également qu'illusion. Même les oiseaux de Lahaie essayaient d'augmenter ma confusion, éparpillant chacune de mes pensées d'un battement d'ailes, d'un coup de bec, infatigables, me rappelant ainsi l'omniprésence de la mort et l'impossibilité d'interrompre le travail obstiné du remords. Cela dura deux ou trois jours, je ne sais plus, peut-être quatre, où l'œil inquiet de Lahaie tentait de comprendre la nature de ces gémissements dont je ne pouvais encore lui avouer la cause, puis, conscient que cela ne pouvait continuer, je m'étais enfin résolu à quitter ma chambre sans lumière. J'avais d'abord titubé entre les maisons endormies de Trempes et, mû par un instinct de survie reposant en large part sur la nécessité d'en appeler à l'oubli, je m'étais dirigé vers le lac des Trois Sœurs, près duquel j'avais autrefois vu mon père se concentrer dans les longs silences de la fatigue, son regard se perdre dans le roulement des vagues basses, le travail acharné des insectes faisant s'écrouler des monticules de sable pour eux gigantesques, jusqu'à ce que, peu à peu, le corps en état d'apnée de mon père se détende et se remette à respirer.

La présence de l'eau, croyais-je, son pouvoir d'éloigner l'horizon et de redonner au temps sa forme cyclique, me permettrait de mesurer la juste dimension de mon existence au sein de l'insignifiante durée du siècle où j'étais né. Le pouvoir de l'eau n'eut cependant pas l'effet escompté, pas immédiatement, et je dus attendre la fin du jour, la tombée du vent, assis sur les caps gelés, pour que mes préoccupations, tout comme celles de Faber, me semblent d'une incroyable futilité. Qu'importait en effet cet enfant que j'aurais voulu arracher au ventre d'Anna, puisque c'est pour mourir aussitôt qu'il serait né, dans des douleurs inutiles qu'il aurait vite oubliées pour d'autres douleurs tout aussi stériles, impuissantes à retarder la mort. Qu'importait la mort de Faber et ses motifs, et qu'importait enfin l'existence de Dieu si je n'existais pas, si le roc où j'étais accroupi devant l'horizon qui s'éloignait était voué à une proche disparition.

Je savais pourtant que ce délire sur l'aspect dérisoire de mon existence n'était dû qu'à la fatigue, qu'au froid qui m'engourdissait, que ma banalité n'excluait pas ma cruauté, et qu'au moment où le froid aurait suffisamment engourdi mon corps pour y faire renaître la peur, certaines durées ne m'apparaîtraient plus si négligeables, que le désir d'être me pousserait à agir, à déplier mes membres ankylosés, à essayer de faire revenir le sang dans mes doigts blanchis, ne fût-ce que pour prolonger cette inexistence où je tentais de me réfugier. *Quand j'y pense aujourd'hui, je suis forcé de constater que je ne dois d'être là qu'à l'action de la peur, et que ma vie n'aura été que cela, une tentative d'éradiquer le mal en soufflant sur mes doigts blanchis.*

J'aurais bien entendu pu choisir de demeurer sur cette plage et de ne plus bouger, pour attendre ma fossilisation pendant que la chair de Faber se détacherait de ses os et qu'il deviendrait squelette, poussière et cendres, mais la peur ne me laissa pas ce choix. Elle s'infiltra lentement dans la noirceur qui m'enveloppait, portée par le cri des hiboux, le rire cristallin de lointaines jeunes filles, et avec elle s'éveilla mon remords, venu me chuchoter à l'oreille que je ne pouvais nier les conséquences de mes actes. Je retournerais donc chez Lahaie avec la nuit, j'emporterais la nuit chez Lahaie, et, dans le cercle de la lampe posée près de la petite nyctale, je lui annoncerais que je m'en allais, que cette comédie avait assez duré, qu'il était temps d'annoncer la mort de Paul et de mettre enfin son cadavre en terre.

~

Les événements ne se produisent jamais selon l'ordre parfait que leur donnent notre imagination ou nos espoirs. C'est une loi à ce point universelle que nous préférons l'oublier et continuer de nous illusionner quant au cours souhaitable des choses. Voilà ce sur quoi je méditais pendant que le froid qui m'avait suivi dans la chambre où Lahaie m'accueillait dessinait sur ma fenêtre blanche des oiseaux arrêtés dans leur vol migratoire. *Le bestiaire des fenêtres givrées, embuées, m'a toujours paru inépuisable, comme celui des nuages, des jupes des femmes dans l'ennui matinal des métros, des tapisseries aux motifs abstraits devant lesquels l'œil se fixe dans l'anonymat des chambres d'hôtel. Les oiseaux de ma fenêtre donnant au nord n'étaient cependant oiseaux qu'en vertu des circonstances. En d'autres temps et d'autres lieux, j'y aurais probablement vu des membres déliés de félins, des corps souples s'élançant du sommet d'un pic enneigé ou foulant le sol aride d'une savane où fuyaient les antilopes. J'y aurais vu le ventre palpitant des antilopes, la poussière soulevée par leur course. Dans ma chambre nordique, les caprices du givre ne pouvaient engendrer que rémiges, serres, becs courbés ou plats. Hormis les hommes, rien n'entrait ni ne sortait de la maison de Lahaie qui ne fût ailé, et cela s'inscrivait si bien dans votre esprit qu'il en façonnait un aigle à partir de la course d'un tigre et concevait des hybrides qu'aucune mythologie n'avait encore imaginés.* J'observais le déploiement de leurs ailes, translucides au sein de l'obscurité, me disant que la chaleur de ma paume, pour peu que j'aie le désir d'intervenir dans la fragile existence de ces oiseaux, suffirait à dévier leur vol, rompant ainsi l'ordre parfait de leur destin. La simple chaleur de ma main avait ce pouvoir, en effet, d'inverser leur trajectoire pour me libérer de leur emprise. Je préférais néanmoins laisser ces oiseaux où ils étaient, là où la nuit les avait créés, espérant que la lumière du jour se chargerait de faire couler leurs ailes, que le soleil réfracté du nord, dégageant la fenêtre, me montrerait l'échappée par laquelle je pourrais m'évader de ce lieu qui s'était brusquement refermé sur moi.

Au moment où j'étais revenu du lac, déterminé à faire mes bagages, Lahaie n'était pas là, mais une lampe, comme tous les soirs depuis mon arrivée, avait été allumée. Je m'étais donc assis parmi les rapaces qui tentaient de m'hypnotiser de leurs yeux jaunes, en réfléchissant à la manière dont j'annoncerais à Lahaie que j'avais pris la décision de quitter Trempes avant que toute raison m'abandonne, aux mots qu'il me faudrait choisir pour qu'il ne se renfrogne pas et me laisse là, seul au milieu des chouettes et des hiboux qui s'efforceraient d'infléchir ma décision et de me faire douter de ma réalité. Ce sont pourtant les oiseaux qui me donnèrent la réponse que j'attendais. Dans la quiétude de la maison, un imperceptible mouvement s'était amorcé, venu du fond de la pièce centrale, comme un frisson sur un champ d'herbe jaunie, et, mine de rien, la buse avait profité de ce déplacement pour envahir lentement mon champ de vision et se placer devant la petite nyctale. Je n'avais rien remarqué jusqu'à ce que celle-ci disparaisse derrière les ailes entrouvertes de la buse et que j'aie l'impression, pendant un moment, que cet oiseau allait fondre sur moi et me sauter à la gorge, si bien que j'arquai le corps, ramenai instinctivement mon bras devant ma face, en ce geste de se protéger que nous avons tous devant un possible danger, la chute d'un objet, la brusque apparition de phares nous tirant de notre distraction, mais ce n'était qu'une impression, la buse ne faisait que reprendre sa position initiale, son équilibre sur son socle. Le

cœur battant, je laissai mon bras retomber, un peu tremblant
sur ma cuisse, et je repris moi-même mon équilibre en m'enfonçant dans mon fauteuil. La buse ne semblait toutefois pas
avoir été troublée par ma réaction, je ne faisais pas partie de
ses proies potentielles, elle demeurait droite et digne et je
l'imaginai alors fonçant tête baissée sur une musaraigne ou
un tamia, ailes déployées, serres en position de saisir, puis je
me dis que c'est ainsi que je devais agir, par une attaque
directe, comme me l'avait suggéré la buse, sans passer par ces
interminables détours qui donneraient à Lahaie la possibilité
de s'esquiver.

   « Je m'en vais demain matin et j'emporte la buse avec
moi. » Voilà donc ce que j'ai dit à Lahaie, sans la moindre
hésitation dans la voix, après qu'il fut rentré et m'eut apporté
un verre de cet alcool que j'associerais bientôt à la fatalité. « Je
m'en vais demain, avec la buse », et, sans lui donner le temps
d'intervenir ni de m'interroger quant à l'imprévisible sym-
pathie que j'éprouvais pour cet oiseau, je lui exposai les
motifs de mon départ et lui racontai tout, depuis la trahison
de Paul jusqu'au viol d'Anna, jusqu'à cet assaut lancé sans
son consentement. Je lui parlai de mon père et de l'eau, de la
relative insignifiance de nos paroles et de nos gestes, faisant
abstraction du danger que peuvent comporter de telles
réflexions, des atrocités qu'elles peuvent justifier, mais
n'essayant pas d'excuser mon comportement envers Anna,
l'énonçant simplement comme un fait, l'un des innombrables
faits constituant la réalité de nos vies. Je lui débitai tout d'un
trait, enveloppé dans la chaleur de l'alcool et de la lampe,
dans le silence à peine perturbé par le calme de ma voix, le
froissement d'une aile se refermant, puis le bruit sourd ou
lointain de la déglutition lorsque l'alcool franchissait le seuil
de mon pharynx ou s'engageait dans la gorge de Lahaie, dont

la respiration me parvenait également de très loin, d'au-delà de cette chaude lourdeur qui envahissait la pièce.

Puis j'attendis. J'attendis que Lahaie se décide enfin à réagir, observant ses yeux gris derrière lesquels je sentais se jouer mon avenir, car j'avais tout à coup la nette impression qu'il possédait le pouvoir de me faire changer d'avis et qu'il n'hésiterait pas à user de ce pouvoir s'il le fallait, ce en quoi je ne me trompais malheureusement pas. Après des secondes qui me parurent interminables, preuve que j'avais bien réintégré le temps des hommes, il me répondit que rien ne me retenait chez lui, que j'étais libre de partir si je le voulais, mais qu'il me faudrait d'abord m'expliquer de la mort de Paul Faber, que j'avais laissé seul au fond des bois, avant de m'expliquer du cas d'Anna Dickson.

Voilà. Lahaie frappait. Lahaie frappait enfin après avoir conclu que l'état dans lequel je me trouvais exigeait qu'on me secoue, puis qu'on me pousse brutalement au bord du précipice, sur cette frange de terre meuble où je perdrais pied. Lahaie frappait pour qu'au terme de ma chute, se rouvrent ces blessures que le temps avait si bien cicatrisées que je ne percevais plus, sous ma peau, les larges incisions qu'elles y avaient creusées. Mais la chute serait longue, si longue que Lahaie ne verrait pas mes membres se disloquer quand mon corps toucherait le sol, ni le sang gicler des incisions rouvertes par le choc. Ce fut une chute d'une durée proportionnelle à vingt-cinq années, où je vis défiler devant mes yeux toutes les tempêtes et tous les orages du dernier quart de siècle, se confondre les sapins enneigés et les arbres en fleurs, la clairière de Faber et la forêt, jusqu'à ce que les saisons réintègrent leur place, l'ordre normal de leur apparition et de leur disparition.

Ce n'était pas la première gifle que m'infligeait Lahaie, mais c'était assurément la plus cinglante, et je sentis le monde glisser sous mes pieds, tout doucement, pendant que les cris de protestation de la buse, qui s'était rangée à mes côtés, s'amenuisaient dans l'air lourd et que je m'engloutissais dans un silence duveteux, que ma circulation s'arrêtait et que mes membres privés de vie se détachaient un à un de mon corps, objets étrangers que leur inertie rendait tout à fait ridicules. Je regardais ma main sur l'accoudoir, mon pied gauche flottant au-dessus de ma jambe croisée, et je me demandais à quoi pouvaient bien servir ces choses. Je tentai néanmoins de soulever mon pied mais il ne bougeait pas, preuve qu'il ne m'appartenait pas, et je me mis à rire encore une fois, comme un idiot, d'un rire qui n'était pas le mien non plus et que j'aurais voulu faire cesser, puisqu'il était aussi inutile que mes mains et devait me rendre plus ridicule que tous ces membres éparpillés autour de moi. J'arrivai enfin à retenir mon rire lorsque la douleur dans mon ventre se fit presque insoutenable et, après avoir repris mon souffle, j'observai Lahaie sans comprendre, me demandant qui était réellement cet homme impassible qui venait de s'approprier mon destin, s'il s'agissait d'un ami désirant me protéger ou s'il voulait au contraire me retenir de force dans ce village pour y entreprendre la rédaction d'un nouveau carnet où il consignerait des remarques, alignerait des schémas relatifs à la dégradation de mon état, à l'altération de mes propos, comparant ma mélancolie à celle de l'effraie ou de la tourterelle, puis l'agitation dans laquelle je sombrais peu à peu à celle des oies auxquelles la main qui les a nourries s'apprête à trancher la gorge. Et il était bien possible que je finisse de cette façon, le cou ouvert par les instruments de Lahaie ou la corde de Paul, après avoir été contaminé par la folie qui régnait en ce lieu. «Vous n'êtes pas sérieux», voilà tout ce que je parvins à articuler entre deux soubresauts, la voix maintenant pitoyablement tremblante, mais l'attitude de Lahaie me révéla qu'il était sérieux, très sérieux, peut-être plus sérieux qu'il ne l'avait jamais été. Il ajouta enfin que, si je voulais partir, je devrais le faire avec Paul ou m'arranger pour que son cadavre disparaisse définitivement du territoire de Trempes, faute de quoi, il serait dans l'obligation de me dénoncer. Sur ce, il se leva sans me laisser le temps de protester de mon innocence.

Je suis donc resté seul dans le salon, à renifler les larmes que mon rire avait provoquées, puis je suis allé me réfugier dans cette chambre où quelques oiseaux venus du nord s'étaient figés sur la fenêtre, prenant ainsi le relais des oiseaux de Lahaie pour me surveiller, m'épier jusque dans mes rêves et rapporter à Lahaie les paroles incohérentes qui devaient surgir de mon sommeil quand le silence du cauchemar devenait tel qu'il me fallait lui échapper par le cri, quand l'atmosphère asphyxiante de la nuit transformait ce cri en un flot de paroles informes, mouillées de bave et se heurtant à la langue, semblables au gargouillement du noyé avalant sa mort.

Une éventualité que je n'avais pas prévue se faisait soudain jour : je ne repartirais jamais de Trempes. J'allais m'incruster chez Lahaie et regarder les oiseaux de Trempes mourir l'un après l'autre pendant que Faber se décharnerait et que ses os cliquetteraient au vent de la clairière, à moins que je ne décide de partir à la recherche de l'animal qui, dès mon arrivée dans ce village, avait essayé de m'avertir du danger qui me menaçait, et que je me mette à empailler tous les coyotes trouvés sur mon chemin, morts de faim ou vidés de leur sang après avoir tenté, dans de déchirants hurlements, de s'extirper des innombrables pièges qui jonchaient la forêt.

∼

Ma première réaction, après avoir constaté que j'étais dans une impasse, fut d'aller dire à Paul que Joseph Lahaie me soupçonnait de l'avoir tué et qu'il devait m'aider, puisque c'était lui, avec son égoïsme de pendu, inconscient des conséquences de son geste, qui m'avait entraîné dans cette impasse. Je n'eus cependant droit qu'à un insondable silence, comme s'il se lavait les mains de tout ce que pouvaient penser, dire ou faire les vivants autour de son cadavre pourri. Je continuai pourtant à l'implorer, puis, devant son absence de réaction, je le traitai de cela, de cadavre pourri, puant, de pauvre type, de défroqué, faisant les cent pas au pied de son arbre et criant, hurlant, proche de l'hystérie et sur le point de le frapper, mais il demeurait cantonné dans son imperturbable silence, stoïque au milieu de la clairière, indifférent à mon désarroi et à ma peur de chien traqué. Je lui dis que, s'il ne m'aidait pas, je me verrais forcé de le faire disparaître, de mettre son corps encapuchonné dans le coffre de ma voiture et d'aller le jeter dans une décharge, avec les rats qui ne feraient qu'une bouchée de ses maigres restes, mais rien, rien. L'ami avec lequel j'avais bavardé pendant des heures dans le froid, le vent, sous la neige et la pluie, avait décidé de se taire, peut-être définitivement, au moment précis où j'avais besoin de lui. Il avait peut-être même décidé, sans prendre la peine de me prévenir, qu'il était temps pour lui de mourir enfin, de mourir tout à fait, de cesser de hanter les bois pour mieux me hanter, moi, avec son silence et son regard vide. Il ne pouvait me faire cela, c'était impossible, me disais-je, il ne pouvait m'enchaîner avec sa mort comme Lahaie l'avait fait avec ses menaces, et pourtant tout m'indiquait que nous en étions arrivés là, à cette situation absurde me laissant sans autre recours qu'une fuite impossible.

Pris de panique devant cette éventualité, je mis de côté le peu d'orgueil qu'il me restait et je le piétinai, devant lui, je piétinai cet orgueil sur l'herbe froide et devenue boueuse pour avoir été foulée pendant des heures dans le froid, le vent, sous la neige et la pluie. Je me mis à nu et lui avouai ma jalousie, l'envie que j'avais toujours éprouvée à son égard, puis le désespoir, enfin, qui m'avait conduit dans cette clairière où il devait me porter secours, de toute urgence, et empêcher la meute de me rattraper pour me lyncher, là, dans cet arbre qu'il avait choisi pour rejoindre Dieu ou le néant. Mais, dans mon affolement, j'avais compris que mes efforts étaient vains, ma confession inutile, et que je n'obtiendrais aucun signe de lui aujourd'hui, ni peut-être jamais.

Je repris alors ma ronde autour de l'arbre, mon va-et-vient sur le sol vaseux, me disant que la coïncidence était trop cruelle et prenait les allures d'un châtiment que je savais ne pas mériter, même si je méritais l'enfer où m'avait déjà précipité Anna Dickson. Puis je me mis à réfléchir à cela, aux bienfaits et aux ravages du hasard, au fait qu'il suffit parfois d'une parole pour perdre un homme ou le sauver, cette parole que Paul ne pouvait me donner parce qu'il avait choisi de mourir au mauvais moment. Mais s'agissait-il du mauvais moment? Ce qui représentait pour moi le pire moment avait-il pu, dans un contexte où l'impossible me rattrapait, constituer pour Paul le moment propice entre tous? Qui me disait qu'il n'avait pas eu vent de mon retour à Trempes et que sa décision n'avait pas été prise en toute conscience, délibérément, pour voir comment je me sortirais de ce mauvais pas, ou pour permettre à Lahaie de terminer son carnet et d'y exposer sa théorie sur le dépérissement de certaines fonctions, l'aggravation des symptômes de la folie, le comportement inattendu ou banalement prévisible de l'homme poussé dans ses derniers retranchements?

Je reculai d'un pas pour mieux voir Paul, essayer de deviner quel était son vrai visage, ce qu'il cachait sous le seul masque qu'il m'avait offert jusqu'ici, et si je ne percevais pas, sous la peau tombant en lambeaux, les traits propres au conspirateur. Je le fixai intensément en marmonnant les insultes d'usage et, s'il est possible de parler de gêne post-mortem, je vis cette gêne sur le visage maintenant mort et méconnaissable de Paul, qui le parcourut comme un frisson, un tremblement furtif qui aurait laissé derrière lui la coloration de la honte. J'eus même l'impression que Paul cherchait de nouveau à se dissimuler derrière l'image du coyote, une impression si trouble qu'à la tête se greffèrent bientôt un torse, un torse fauve, des cuisses au pelage troué, puis trois pattes grêles et fragiles. Cela ne dura qu'une minute ou deux, pendant lesquelles mon propre visage dut se décomposer aussi, non sous l'effet de la frayeur que m'ins-pirait cette illusion, mais devant la perspective de n'être pas non plus ce que je croyais être, puis je clignai des yeux, je contrôlai mon souffle, et le visage de Paul, dans sa juvénile et trompeuse innocence, reprit sa place par-dessus les traits décomposés du coyote.

Devant l'attitude de Paul, j'aurais pu entrer dans une colère noire, mais j'étais trop hébété par ce qui venait de se produire, par la nouvelle trahison de celui que je croyais mon ami, pour avoir la force de réagir. Je restais là, dans mon corps sans cri, n'arrivant pas à croire que je puisse être la victime d'une conspiration, quand tout indiquait pourtant, y compris le trop visible embarras de Paul, que j'avais été entraîné dans un traquenard, sous l'influence d'un hasard me détestant, ou à cause d'un complot auquel le hasard aurait également pris part, apportant une aide inespérée à ceux qui étaient à l'origine de cette machination le jour où il m'avait fait prendre le sentier du coyote, à trois cents kilomètres du lieu où j'aurais dû me trouver.

Ce désir de me raccrocher aux possibles interventions du destin n'était pas véritablement un signe de folie, les signes de la folie étaient ailleurs, mais une tentative désespérée pour retarder ma chute vers ce gouffre où la folie atteindrait son point de non-retour. Bien que le hasard soit de nombreuses fois intervenu dans cette histoire, la mienne, mes efforts pour distinguer le probable de l'improbable et essayer de comprendre combien de coups de dés il avait fallu pour me mener à Trempes étaient inutiles. J'étais venu à Trempes parce que je devais y venir, j'avais trouvé le cadavre de Paul parce que je savais où le trouver, et s'il est encore des choses que j'ai du mal à m'expliquer, celles-ci n'ont pas à voir seulement avec le hasard. Elles appartiennent aussi à l'ignorance et à la peur, à la combinaison de ces deux états ou sentiments qui agissent sur le réel avec une force proportionnelle à leur intensité.

S'il y avait conspiration, il me faudrait cependant découvrir quels en étaient les buts et pourquoi Paul Faber, qui ne demandait que le repos, y était mêlé. Il me faudrait agir, faire taire les craintes qui s'affolaient en moi, car si je ne me ressaisissais pas, j'étais moi-même un homme mort, fini, bon à jeter aux rapaces qui me surveillaient depuis mon arrivée, aux chacals qui voulaient ma peau et peut-être mon âme, bien que promise à l'enfer. Si Paul n'était pas mêlé à cette histoire, sa mort aurait au moins servi à cela, à me sauver des crocs de la meute et à retarder la descente infernale de mon âme au plus creux de la terre. S'il y était mêlé, sa mort serait la mienne, dont je ne serais que le témoin désarmé, qui regarderait s'écrouler le décor d'une triste farce à laquelle il n'aurait rien compris.

~

En revenant chez Lahaie, j'étais dans un état lamentable, à deux doigts de la paranoïa, sursautant au moindre bruissement et craignant le surgissement de Lahaie de derrière chaque arbre s'offrant à ma vue. Je ne fus guère rassuré quand j'aperçus, sur le parterre entourant la maison, les corneilles de Faber, subitement réapparues après plusieurs jours d'absence, qui picoraient le sol avec entêtement, se chevauchaient et se chassaient dans le plus total désordre, indifférentes au bruit de mes pas sur l'allée de gravier, comme si je n'existais pas et avais perdu ce pouvoir qu'ont les hommes de faire fuir les oiseaux.

Une fois à l'intérieur, je m'assis près de la fenêtre de la buse, devenue ma fenêtre avec le temps, où un nouvel oiseau se tenait entre les rapaces et les hiboux, les grives, les bruants. Je fixai d'abord son œil glacial, me demandant ce que faisait là cet oiseau que je n'avais pas entendu venir, puis je reconnus la sarcelle au cou brisé, que Lahaie avait vidée de ses entrailles avant que n'y apparaisse le grouillement de la pourriture, et qu'il avait installée sur un morceau de bois orné d'une plaque métallique où il avait tracé, en guise d'épitaphe, des lettres la reliant à sa lignée, *Anas discors*, et ne faisaient d'elle qu'un individu parmi d'autres, une sarcelle à ailes bleues parmi d'autres sarcelles à ailes vertes ou à ventre cannelle, *Anas crecca*, *Anas cyanoptera*. Où elle se trouvait, elle formait maintenant un triangle avec la buse et la petite nyctale, un triangle parfait, équilatéral, qui semblait les unir à tout jamais. Histoire de tuer le temps, de créer un autre lien entre ces oiseaux et moi et, surtout, d'oublier les corneilles de Faber qui piaillaient sur le parterre, je décidai de les nommer Harvey, Hervé et Irving : Harvey la buse, Hervé la nyctale et Irving la sarcelle, comme dans ces contes pour enfants où le nom des animaux nous les rend familiers, les dépouille de leur potentiel danger. Je restai là longtemps, à me raconter des histoires où Harvey la buse sauvait Irving la sarcelle des périls d'une mort certaine, puis inversement, guettant d'un œil les corneilles qui refusaient de s'envoler, puis de l'autre la porte par où j'espérais l'arrivée salvatrice de Lahaie, qu'il eût ou non un rôle à jouer dans le complot auquel participaient les corneilles.

Lorsque le jour tomba, les corneilles étaient encore là, à la périphérie de mon champ de vision, qui se chevauchaient, entremêlaient leurs ailes et leurs becs, et me revint à l'esprit cette phrase de l'*Apocalypse* où les quatre êtres vivants, parés chacun de six ailes, « sont remplis d'yeux tout autour et au-dedans ». Je ne sais pourquoi je me remémorai cette phrase, ni si je dois l'associer aux corneilles ou au quatuor que je formais avec les oiseaux que je venais de baptiser, mais une chose est certaine, je n'étais plus à deux doigts de la paranoïa.

Je décidai alors de monter me coucher, puisqu'il était désormais inutile d'attendre Lahaie pour qu'il m'informe des mœurs des corvidés, car je savais très bien qu'il était impossible que les corneilles soient demeurées là durant des heures, sinon sous l'influence d'un phénomène m'échappant. Pour le moment, toutefois, seules deux réponses à cette bizarrerie me paraissaient possibles, mais aucune de ces réponses n'était de nature à me rassurer quant au dénouement de l'histoire dans laquelle je m'étais engagé sans le vouloir. Soit le temps s'était arrêté pendant que je me racontais des histoires, soit les oiseaux que j'avais vus n'existaient pas. Compte tenu de cette dernière hypothèse, il était possible que je n'existe pas non plus, que je me sois fracassé le crâne au volant de ma voiture, en ce matin pluvieux où j'avais pris la route de Trempes et de l'enfance, basculant sans m'en rendre compte dans cet espace latent séparant le royaume des morts de la terre des vivants. Si j'étais mort, tout cela n'était donc qu'un mauvais rêve, et je me trouvais dans l'antichambre du ciel ou de l'enfer, là où les quatre êtres vivants ont six ailes et de multiples yeux.

~

Peu avant que le passé rejoigne enfin le présent *(je n'utilise cet adverbe, « enfin », que pour signifier que ma folie devait un jour trouver son aboutissement, mais on aurait tort d'y voir la marque d'un quelconque soulagement)*, la rencontre que j'espérais avec le coyote eut lieu, près de la rivière aux arbres morts, comme il se devait, sous la pluie froide, comme il se devait aussi, je suppose, dans un univers où la lumière avait si peu de place. J'étais appuyé contre le parapet du pont depuis deux, trois ou vingt minutes, je l'ignore, puisque le temps s'était de nouveau arrêté, et j'observais, parmi les broussailles enchevêtrées le long de la rive incertaine, le petit chien qui devait se cacher là depuis toujours, mais que je n'avais pas remarqué. Il se tenait debout, à l'affût de je ne sais quel survenant, et regardait fixement dans ma direction de ses yeux absents, confondus à la masse compacte de sa fourrure noire. Sur le coup, je crus qu'il y avait bel et bien là un chien, abandonné au cœur de la forêt, puis je vis qu'il s'agissait d'une vieille souche que le temps et les intempéries avaient sculptée pour lui donner cette forme si proche de la réalité que l'illusion était parfaite. Il y avait donc là un chien, en somme, gardien des eaux de la rivière et de ses arbres morts, qui veillait à l'immuabilité des lieux, à l'intégrité de ce paysage où la lenteur ne devait pas être troublée. Là était le rôle de cet animal, me disais-je, la raison pour laquelle il était apparu dans ce décor, et si je tentais d'enjamber le parapet et de m'engager dans les eaux stagnantes, il allait bondir pour me chasser ou m'entraîner avec lui dans cet univers liquide et sombre dont je deviendrais à mon tour une figure dormante, qui pourrait demeurer là des mois, des ans, avant qu'un autre voyageur s'attardant près de la rivière aperçoive, dressé entre les herbes hautes, ce petit chien au regard noir, puis cet homme aux épaules voûtées, si semblables à ce que peuvent être un chien et un homme qu'il lèverait la main dans leur direction, puis constaterait que l'homme et le chien étaient des arbres, devenus homme et chien comme certains nuages deviennent lion ou faucon, les seules différences entre ces deux métamorphoses tenant à leur durée, puis à cette calme respiration, puisée à même le bruissement de la forêt, qui soulèverait imperceptiblement le torse de l'homme. Il repartirait alors, poussé par un insistant malaise, vers des lieux où les hommes et les chiens, les arbres, étaient moins menaçants.

Pour ma part, je ne craignais pas le petit chien et il n'avait rien à redouter de moi, car je n'avais nullement l'intention d'aller patauger dans les eaux froides pour m'y retrouver captif d'un arbre voulant assurer sa perpétuité. Je préférais demeurer là où j'étais, derrière le rempart du parapet, à imaginer le trajet des gouttes de pluie brouillant la surface claire de la rivière, sous laquelle je pouvais apercevoir les empilements de pierres élevés contre la culée du pont depuis des décennies, peut-être même avant ma naissance et avant celle du petit chien, que je décidai de nommer Cerbère, puisqu'il était possible que je sois parvenu aux portes de l'enfer. Je tentai de me représenter ces portes, couchées parmi

les algues au fond de la rivière et prêtes à s'ouvrir sur un
déferlement de flammes, et c'est là, au moment où je voyais
la rivière s'engloutir dans le feu souterrain des damnés, que
Cerbère se cambra, affermit sa position de chien prêt à l'attaque, et que je devinai derrière moi une présence, perceptible au silence qui s'était abattu sur les lieux, assourdissant le
moindre bruit, comme quand se glisse un visiteur inattendu
dans le recueillement de la nuit. Paralysé par ce silence, je
sentis mes jambes s'amollir et je retins mon souffle, redou-
tant la créature à laquelle je devrais faire face en me retournant, et qui était peut-être venue là pour m'éprouver,
mesurer mon peu de foi ou, pire encore, mettre un terme à
mon histoire et me livrer au maître de Cerbère. J'imaginais
déjà Faber, ayant traîné sa couverture de laine dans la boue
du sentier, debout au milieu du pont et me fixant de ses
orbites creuses où la pluie s'était bizarrement accumulée et
s'écoulait en petites rigoles de ces orifices brillant sous le
capuchon de laine, d'une froideur évoquant le regard blanc
de poupées tétanisées par des terreurs inconnues de
l'homme. Plus effrayé par cette vision que j'aurais pu l'être
par celle d'un loup enragé, je me retournai avec toute la
lenteur dont j'étais capable, évitant de faire crisser le gravier
sous mes pieds et retenant le grognement que je sentais monter
en moi, de peur de provoquer l'attaque de la créature qui se
tenait derrière moi, et qui pouvait aussi bien être un oiseau
gigantesque, une nyctale démesurée issue de la juxtaposition
quotidienne des rêveries de Lahaie et de mes cauchemars.

Quand j'aperçus le coyote, il tenait dans sa gueule une
lanière de plastique déchiquetée et tachée de boue, à laquelle
pendait un filament de bave qu'emporta la pluie. À la
manière des chiens ayant appris à se méfier de l'homme, il fit
quelques pas sur place, hésitant entre la gauche et la droite, et

laissa tomber l'objet près d'une flaque d'eau, sans me quitter un seul instant des yeux. Puis, après ce qui aurait pu être un jappement si celui-ci n'avait semblé bloqué dans sa gorge, il repartit sur la route en claudiquant, se retournant de temps à autre pour voir si j'étais toujours là et si j'allais accepter le présent qu'il venait de me faire. Lorsque je me penchai pour ramasser le morceau de plastique, il émit le jappement qu'il avait retenu et disparut dans les bois, pendant que le grognement que j'avais moi-même arrêté au fond de ma gorge s'échappait de ma bouche, sauvage et rauque. Dans mon cas, il s'agissait cependant du grognement rétrospectif de la peur, de cette plainte animale naissant au creux du ventre de l'engourdissement soudain des sens et de la pensée. *Bleu. On pouvait deviner, sous la décoloration du matériau, la saleté, que l'objet déposé à mes pieds par le coyote avait autrefois été bleu, du bleu d'un ciel d'été, franc et éblouissant. Je crois qu'à ce moment, au moment où j'imaginai la pureté de la couleur originelle, quelque chose d'immensément lointain, qui fut à la source de la raucité de mon cri, bougea en moi, et que la peur rétrospective à laquelle je l'associai venait du fond de cette immensité du temps où le soleil d'été se frappait à ce bleu. Cela ne dura que l'espace d'une seconde, les nuages recouvrirent le soleil, le bleu s'éteignit, j'oubliai que j'avais reconnu le bout de plastique, et je retombai dans l'effroi du présent, où il me fallait trouver une explication à l'obscurcissement du temps.* Je restai là plusieurs minutes, abasourdi par ce qui venait de se passer et qui me semblait impossible de la part d'un animal sauvage. Tout près de moi, un oiseau s'égosillait sous la pluie drue, faisant mentir la croyance selon laquelle les oiseaux cessent d'exister sous la pluie.

S'agissait-il ou non d'une croyance, je ne sais pas, je suppose plutôt que j'avais érigé au rang de croyance ce que

j'avais pu déduire de mes observations, associant la sagesse
ou la naïveté populaire à une expérience empirique qu'un peu
plus de rigueur aurait conduite à un résultat sinon inverse, du
moins plus nuancé, à partir duquel j'aurais peut-être créé une
nouvelle croyance voulant que les oiseaux des bois aiment la
pluie. Quoi qu'il en soit, je n'entendais que cela, ce chant
tenace s'acharnant à contredire l'exclusive inclination des
oiseaux pour le soleil, pendant que le morceau de plastique
dégoulinait entre mes doigts. Ce qu'avait voulu me dire le
coyote avec cette offrande appartenait à une intelligence qui
m'échappait, et cette suite d'événements à laquelle je ne
comprenais rien allait finir par me pousser à des gestes irré-
vocables, par me contraindre à plonger dans la rivière et à
m'y étendre sous le reflet des nuages, des lions et des faucons,
en attendant que les nuages se dissipent, que les faucons
s'abattent sur moi et que les portes de l'enfer s'ouvrent dans un
rugissement sinistre.

Craignant de me jeter au bas du pont sous le coup d'une
subite obsession du vide *(il m'était souvent arrivé de redouter*
l'appel de la noirceur devant les courants inquiétants du fleuve,
le grincement lancinant des rails, dans cette ville où ma maison
devait se refermer sur elle-même, et je savais qu'il était sage de
ne pas négliger l'ascendant de la fascination), je me laissai
glisser contre le parapet jusqu'à toucher le sol, la rugosité des
madriers, et je fixai les morceaux de gravier projetés sur le
pont par le passage des voitures comme si ces cailloux étaient
les seules choses concrètes que j'avais vues depuis longtemps.
Et peut-être, en effet, rien de ce qui m'entourait n'existait-il
vraiment. Peut-être le coyote n'était-il, comme je l'avais
d'abord cru, que le reflet d'une hantise dont j'ignorais la
cause. Or si le coyote n'existait que dans mon esprit, d'où
venait cet objet que je tenais mollement entre mes doigts, qui

d'autre l'avait laissé tomber dans la flaque d'eau, au bout de mes chaussures salies, et quel était cet oppressant silence que j'avais senti peser sur ma nuque? Je n'avais de réponse à aucune de ces questions, mais il n'était pas impossible que je trouve ce que je cherchais dans la boue du sentier, où le sang s'accumulait, ou en examinant l'objet déchiqueté qui m'avait été confié. Je mis l'offrande du coyote dans ma poche, puis je me relevai péniblement et m'engageai dans le sentier, mais, à quelques mètres de la clairière, je m'arrêtai. Je n'avais pas envie de voir Paul, d'assister au triste spectacle qu'il avait décidé de m'offrir ni de regarder la pluie s'égoutter au bas de sa couverture détrempée. Non, je n'avais envie que d'une chose, me perdre avec la pluie dans les eaux de la rivière. Je retournai donc sur le pont, devant lequel l'eau s'assombrissait à mesure que s'appesantissait le jour et que Cerbère se fondait dans les arbres morts qui, avec leurs bras levés aux cieux, m'apparaissaient maintenant comme autant de promeneurs imprudents que la rivière aurait happés et réduits à l'atroce confinement de leur nouveau tombeau.

Quand je regagnai ma voiture, je ne me retournai pas, mais je savais que le coyote était là et que Cerbère veillait. J'eus aussi la vive impression que Paul se tenait à l'entrée du sentier, tel que je l'avais imaginé plus tôt, qu'il était parvenu à se traîner jusque-là avec ses muscles pourris dans le seul but d'éveiller ma culpabilité. Mais il était trop tard, j'étais au-delà de la culpabilité et de la peur. Je claquai la portière et fis demi-tour sans allumer les phares. Lorsque je les allumai enfin, je ne vis devant moi qu'une route étroite, de plus en plus étroite, bordée d'une forêt dense où la nuit semblait s'être définitivement installée.

J'allais apprendre que tous les vrais secrets sont enterrés, et que seuls les fantômes disent la vérité.

Anthony Hyde,
Red Fox

3

Il est presque banal de dire que certaines circonstances vous font douter de la réalité, tant l'absurdité de la réalité s'acharne parfois à prouver que rien de ce qui existe n'a de véritable consistance. C'est ce que je me suis dit après avoir été mis devant cette absurdité, que rien de ce qui constituait ma réalité ne pouvait être saisi, qu'elle ne pouvait s'incarner que dans le corps des trépassés, et qu'il me faudrait redéfinir les termes désignant ce qui se peut ou ne se peut concevoir.

Ainsi que me l'avait demandé Lahaie, j'avais décidé, après une nuit entière à méditer sur la profondeur des bois de Trempes, d'y ensevelir Paul sans plus tarder. Je m'étais muni de tout ce qu'il faut pour transporter un homme, pour attacher un homme, pour enterrer un homme, et j'avais pris la direction de la rivière aux arbres morts avec cet attirail qui m'accuserait mieux que n'importe quelle autre preuve du meurtre de Paul Faber si l'on me surprenait à creuser sa fosse. Je ne savais pas exactement comment je procéderais, mais je me disais que si j'avais été capable de cacher la mort de Paul à tout le village, sauf à Lahaie, je trouverais sûrement le moyen de camoufler son enterrement, et si le geste que j'allais accomplir m'emplissait d'anxiété, j'étais surtout contrarié par la perspective de devoir coucher le corps de Paul pour le priver définitivement de lumière, alors que je m'étais jusque-là efforcé de le laisser en position debout, prêt à s'élever vers l'Éternel et vers les cieux. Je n'avais cependant pas le choix, ou je sacrifiais Paul, ou je me livrais en pâture aux corneilles, et je n'avais pas encore atteint cette limite où les dernières volontés d'un ami m'ayant trahi auraient pu primer sur ma survie. Je mis donc de côté mes scrupules et refis, pour la dernière fois peut-être, le trajet qui avait accéléré la disso- lution de ma réalité.

Près de la rivière, Cerbère surveillait les faux pas des voyageurs, aussi impassible que la veille, mais son pelage avait séché et avait maintenant la teinte aride du bois privé de sève. Je devais également avoir le teint grisâtre, le visage livide, l'air blafard des innocents au lendemain de leur inculpation, ce que confirma cruellement mon rétroviseur, où une fine pous- sière s'ajoutait à celle recouvrant ma peau, et je décidai de m'accorder une heure de répit, rien qu'une, à tenter de sombrer dans l'absence, le bref retranchement du sommeil, avant d'entreprendre mon expédition insensée à travers bois avec le corps complice ou récalcitrant de mon ami. Ma descente fut toutefois vertigineuse, et elle dura probablement plus long- temps que je ne l'avais prévu, car, lorsque je m'éveillai, le soleil avait percé les lourds nuages qui planaient plus tôt sur la rivière. J'avais toujours le teint cendreux et les paupières lourdes, j'avais encore un irrépressible besoin de dormir, mais je n'avais malheureusement pas oublié pourquoi j'étais là. Puisque j'avais une tâche à accomplir, je me secouai et m'ex- tirpai de la voiture avec la pénible impression que l'on m'avait roué de coups, je saluai Cerbère au passage et je scrutai les alentours, m'attendant à apercevoir le coyote, dont la présence m'aurait paru naturelle au moment où je m'ap- prêtais à boucler la boucle de mon catastrophique retour aux sources. J'étais à ce point fourbu que j'espérais presque voir

Faber à l'orée du sentier, venu se livrer pieds et poings liés et m'épargnant ainsi la pénible tâche d'avoir à le transporter jusqu'à la route, mais j'étais seul avec Cerbère, et aucun spectre, bienveillant ou hostile, ne hantait apparemment les lieux.

Comme personne ne viendrait me prêter main-forte, je chargeai sur mes épaules mon harnachement de fossoyeur et de croquemort et me mis en route dans un bruit de ferraille. À chacun de mes pas, la pelle heurtait la pioche que j'avais empruntée à Lahaie et la lourde bâche dans laquelle je voulais enrouler Paul glissait de mes épaules pour me faire trébucher. Les aulnes bordant la piste allongeaient devant moi leurs branches enchevêtrées et semblaient tous s'être ligués pour me bloquer la route et m'empêcher d'arracher le corps de Paul à la clairière. Je ne pourrais transporter tout cela à mon retour, et il me faudrait faire deux voyages, l'un avec Paul, l'autre avec mes outils, pour recommencer le même manège à l'endroit que je choisirais pour mettre Paul en terre et adresser une dernière prière au Tout-Puissant, afin qu'il garde son âme de pendu des affres de l'enfer. Si je n'avais pas été à ce point stupide, j'aurais construit un brancard dans lequel j'aurais pu mettre tout mon fourbi, et ensuite Paul avec le fourbi, mais il était trop tard, je devais agir maintenant si je ne voulais pas que les aulnes continuent de progresser de part et d'autre du sentier pour m'interdire à jamais l'accès de la clairière.

Je peinai donc envers et contre le désir de la forêt de préserver la tranquillité de ses morts, me disant que, dans quelques heures, tout serait fini, que je pourrais reprendre la route et filer en droite ligne aussi loin que possible de ce lieu maudit. Après avoir enfin quitté le sentier, je ne compris pas immédiatement que tout était effectivement fini, qu'un hasard désastreux, avec le concours de Paul Faber, avait décidé qu'il me faudrait atermoyer mon départ. Devant moi, se dressait le chêne dénudé, solitaire au milieu de la clairière, où ne s'agitaient que quelques feuilles sèches qu'aucun vent d'hiver ne parviendrait à déloger, mais Paul Faber, lui, n'était plus là. Tout ce qui confirmait son passage dans la clairière s'était envolé avec les corneilles, dont le cercle monotone s'était brisé, laissant s'éparpiller aux quatre coins de la forêt ces oiseaux qu'avait réunis sa chair faisandée. Il n'y avait plus là qu'un arbre majestueux auquel une vingtaine de feuilles mortes restaient miraculeusement accrochées, dans l'espoir, peut-être, de se camoufler dans la verdure d'un nouveau printemps et de se maintenir dans l'illusion de cette vie recommencée. Je ne comprenais pas et ne pensais qu'à ces feuilles, qu'à mon désir absurde d'accéder, moi aussi, à un nouveau printemps, et il me fallut d'interminables secondes pour admettre ce qui ne faisait pourtant aucun doute. Paul Faber avait disparu. Paul Faber s'était enfui, pressentant le sort que je lui réservais et refusant l'asphyxie de la terre, à moins que des mains inconnues ne l'y aient aidé, le bâillonnant puis le ficelant avec sa corde pour que ne s'entende pas la lente expiration de son corps boursouflé dans la nuit maléfique qui s'était définitivement installée sur Trempes.

Quand je pris conscience de la déconcertante et irréversible nudité de la clairière, je m'avançai dans le plus atroce silence qu'il me fût donné de connaître jusqu'à l'arbre qui se dressait dans sa solitude, et j'essayai d'apercevoir entre ses branches le corps embusqué de Paul Faber cherchant à se dérober à mon regard pour infléchir le cours de sa destinée. Puis, ne voyant rien entre les branches que le ciel bleu, je m'écroulai près de l'arbre vide et ouvris mon esprit aux pensées blanches, insaisissables et planes, qui luttaient pour l'envahir. Lorsque je fus en état d'aligner les faits de façon relativement cohérente, la blancheur fit place à une obscurité où tout me sembla soudain d'une aveuglante clarté. Je laissai là mon équipement puis, guidé par des pensées noires, claires et noires, je retraversai le sentier où les aulnes s'écartaient maintenant devant moi avec une effarante rapidité, pour aller demander des explications à Joseph Lahaie, l'homme qui s'était érigé en justicier et m'avait condamné sans le moindre procès.

~

« Faber n'est plus dans la clairière et je fais mes bagages », voilà ce que j'ai dit d'emblée à Lahaie en claquant la porte, attaquant à la manière de Harvey, que le ton de ma voix a fait sursauter en même temps que tous les autres oiseaux, à l'exception de Lahaie, qui n'a pas cillé, et de la sarcelle, Irving pour les intimes, qui n'attendait que cela, que je me tienne enfin debout. « J'ai fait ce que vous m'aviez demandé », ai-je ajouté en le fixant droit dans ses yeux de conspirateur, de faux frère et de lâche, pour y lire sa surprise, son étonnement devant ma détermination, puis sa déception lorsqu'il constaterait que je n'étais pas dupe de son stratagème. Il devait comprendre une fois pour toutes que je n'avais rien à voir avec la mort de Paul Faber, que l'on pouvait tout au plus m'accuser de crime par omission, de non-assistance à personne en détresse, pour n'avoir pas prévu qu'un homme dont je ne savais plus rien se pendrait un 17 octobre, mais que je n'étais pas assez fou pour endosser tous les crimes de Trempes et me livrer aux empailleurs.

« C'est très bien », s'est-il contenté de répondre, et s'il y avait un certain étonnement dans sa voix, je ne pus lire aucune déception dans son regard. Lahaie semblait me croire, ce qui était impossible, puisque personne d'autre que lui n'avait pu dépendre Paul à ma place, à moins qu'il n'ait acquis une telle assurance à frayer avec la mort qu'il ait pu demeurer de glace devant un mensonge qui le forcerait à avouer le sien ou à me rendre ma liberté. « Donnez-moi vos vêtements », a-t-il ajouté sans trahir la plus petite émotion, et j'ai tout à coup senti que quelque chose n'allait pas, que nous revivions là une scène qui aurait dû être irrévocablement classée parmi les choses du passé, mais d'un passé si lointain que je me sentis redevenir un enfant. Je n'avais pas touché, pas même effleuré le corps de Paul, ce que Lahaie savait pertinemment, et voilà qu'il m'ordonnait de lui donner mes vêtements comme s'ils portaient encore l'odeur de la mort.

J'obéis néanmoins, poussé par une docilité que j'attribuai à ma fatigue, mon immense fatigue, et parce que mes vêtements portaient malgré tout une odeur de sueur poisseuse, résultat des efforts que j'avais déployés pour transporter mon attirail, des pensées blanches et noires qui avaient engourdi puis secoué mon corps entier, et de toutes les heures passées à me balader de la rivière à la rivière. Ils étaient également maculés de la boue du sentier où j'avais trébuché, de l'herbe de la clairière où je m'étais écroulé, et il n'aurait pas été surprenant que Lahaie croie que j'avais enterré Faber s'il ne m'avait devancé dans cette entreprise. J'enlevai donc ma chemise, mes bottes, mon pantalon, et me drapai de la couverture de laine dans laquelle Lahaie m'avait enveloppé environ trois semaines plus tôt, quand j'étais parcouru des frissons de la fièvre.

Ainsi affublé, je devais ressembler à Paul, encapuchonné dans sa couverture, et c'est ce que je constatai dans le miroir embué de la salle de bains, où l'entaille que les aulnes avaient ouverte sur mon menton complétait le portrait déjà esquissé par les ongles d'Anna. La ressemblance créée par ces blessures avait quelque chose de troublant, et je conclus que la mort de Paul avait fini par faire de nous des frères, que le temps me rattrapait pour inscrire sur mon visage le stigmate d'un larcin dont je devais à sa suite porter la culpabilité.

Ces cicatrices, ces blessures fraîches sur mon visage, me rapprochaient en effet de Faber, puisque je suivais avec elles le parcours des ombres, qui réintègrent l'objet dont elles sont issues lorsque la nuit arrive. La nuit venait où je m'amenuiserais jusqu'à n'être plus rien.

C'est ce que je fis remarquer à Lahaie après qu'il eut emporté mes vêtements et qu'il m'eut versé une rasade de ce que je nommai en moi-même ma ration quotidienne de penthotal, puisqu'il était évident que la première vertu de cet alcool qu'il me servait sans compter était de me faire parler comme un idiot pendant qu'il écoutait et enregistrait la moindre de mes contradictions. Je lui dis que je ressemblais de plus en plus au prêtre de Trempes, que dans une semaine ou deux, la similarité serait frappante, qu'il était par conséquent inutile de faire disparaître un cadavre subitement ressuscité, puisque je pourrais aisément prendre la place de Paul et annoncer à tous le miracle de la réincarnation. Ainsi que je m'y attendais, Lahaie ne me trouva pas drôle, et il me répondit que je délirais, que le prêtre de Trempes me ressemblait autant qu'un moineau ressemble à un faisan et que j'avais assez bu, alors que j'avais à peine avalé quelques gorgées de sa boisson du diable. Malgré mes protestations, mes tentatives pour démontrer que je n'étais pas saoul mais ivre de fatigue, il m'enleva mon verre, il me retira mon penthotal avant que je lui aie révélé que tout cela était une farce, une plaisanterie destinée à le faire avouer, puisque je savais qu'il avait réglé le cas de Paul, pour me porter secours ou pour m'éprouver, c'était à lui de me dévoiler cet aspect de l'histoire. Il referma la bouteille et me dit que j'agissais comme un imbécile, qu'il me fallait éviter de tenir de tels propos devant qui que ce soit et que nous irions ensemble demain dans la forêt pour nous assurer que je n'avais oublié aucun indice compromettant. Or je n'avais oublié aucun indice, je ne pouvais avoir oublié aucun indice. Je n'avais oublié là que la pioche de Lahaie, que la pelle de Lahaie, que la bâche de Lahaie, qui étaient aussi propres et blanches que les mains de Lahaie, pures comme cette neige qui couvrirait bientôt le sol de Trempes et nous ensevelirait tous jusqu'au printemps, Lahaie, Faber et moi, le père, l'esprit et le fils indigne, l'enfant prodigue et assassin.

~

Ma principale crainte, lorsque Lahaie était venu frapper à ma porte peu avant l'aube le lendemain pour me rappeler que nous devions aller dans la clairière, était que Paul soit revenu, qu'il soit de nouveau suspendu à son arbre et me nargue du haut de son arrogance, puisque rien ne me semblait plus impossible dans cet univers où le regard des morts ne s'éteignait jamais tout à fait. Lahaie paraissait d'ailleurs partager ma crainte, car il allait et venait avec plus de fébrilité qu'à son habitude, me jetant des coups d'œil qui en disaient long sur son inquiétude. Je n'étais donc pas le seul à me méfier de la survivance des corps, de leur entêtement à vouloir garder contact avec la terre, au détriment du désir d'affranchissement des âmes.

    Quand nous sommes partis, le jour, qui s'annonçait pour être sombre, couvert de ces impénétrables nuages marquant la frontière entre l'automne et l'hiver, la pluie et la neige, n'était pas vraiment levé et ne se lèverait peut-être pas, nous gratifiant tout au plus de cette semi-obscurité dans laquelle nous avancions silencieusement. En passant près de la rivière, je vis à peine Cerbère, qui n'avait pas émergé de ses ténèbres, mais je crus distinguer l'ombre du coyote, qui rentrait de sa chasse solitaire avec une déchirante douleur au ventre, s'interrogeant sur la nécessité de survivre, sur la nécessité même de vivre alors que l'issue du combat n'est jamais que la perspective d'un autre combat. Je levai légèrement la main pour le saluer, me souvenant que j'avais toujours dans ma poche le bout de plastique qu'il m'avait confié, et un sourire, le premier depuis des jours, traversa mes traits meurtris, pour aussitôt se transformer en une grimace quand ma blessure au menton se rouvrit et que je constatai que l'ombre du coyote n'était que celle d'un arbre ployé se balançant dans le vent. Ce constat ne parvint toutefois pas à effacer le sourire en moi, car je savais intimement que je n'étais pas seul, que le coyote, que je décidai de baptiser Humphrey, sanctionnant de ce fait le lien nous unissant, veillait sur mon séjour dans ces bois inhospitaliers.

Ce regain de confiance ne dura cependant pas longtemps car, dès que nous fûmes dans le sentier, mon cœur se mit à battre à tout rompre pendant que Lahaie écartait devant moi les branches des aulnes qui avaient encore gagné quelques centimètres durant la nuit. J'aurais voulu rebrousser chemin, dire à Lahaie que tout cela n'avait aucun sens, puisque Paul Faber s'était suicidé, mais j'étais poussé par une curiosité morbide, un désir malsain de voir ce que nous réservait la pénombre de la clairière. Je suivis donc Lahaie jusqu'au bout du sentier puis, à l'approche de la clairière, je fermai les yeux et me retins à une branche, à ce point essoufflé que le sifflement de ma respiration, dans le silence matinal, devait sembler l'écho d'une bête à l'agonie ayant lutté la nuit entière pour un filet de jour. Je laissai l'écho s'éteindre doucement en moi, puis j'ouvris enfin les yeux. Dans le brouillard de mon étourdissement, j'eus d'abord l'impression d'apercevoir la silhouette redoutée de Paul, se voilant sous la physionomie du coyote, ainsi que je l'avais tant de fois aperçue, si bien que la bête logée dans ma trachée eut un dernier sursaut de vie et que le sifflement revint pendant que je constatais, avec un soulagement qui eut raison de la bête, que cette vision n'était qu'un effet de la peur et de l'habitude. L'arbre de Paul était vide, merveilleusement vide, et j'eus envie de crier de joie, de prendre Lahaie par la taille et de l'entraîner autour de l'arbre dans une danse où nous aurions remercié les dieux de la forêt de leur clémence, mais Lahaie n'était pas aussi enthousiaste que moi. Son œil de faucon demeurait rivé sur un point de la clairière où je ne voyais pour ma part rien qui pût nous alarmer. Paul n'était plus là, c'est tout ce que je voulais savoir, et nous pouvions repartir. Je suivis toutefois Lahaie à contre-cœur et vis enfin ce qui avait attiré son attention.

À la lisière du bois, s'élevait un monticule de terre fraîchement remuée duquel émergeait une jambe, pâle et décharnée. À la vue de ce membre surgi de terre, je m'arrêtai net, incapable de rejoindre Lahaie qui se penchait sur le monticule et commençait à balayer la terre recouvrant le corps, puis je vis que ce que j'avais pris pour une jambe était en réalité une patte, à laquelle se greffèrent bientôt une hanche, un torse, puis une tête dont la forme évoquait davantage celle d'un chien que celle d'un homme. Je vis également, près du monticule, un petit escabeau de bois, d'une simplicité inouïe, sans autre ornement que les gouttes de sang qui s'y étaient incrustées pour former d'illisibles dessins, puis, derrière la première rangée d'arbres bordant la clairière, la couverture de Paul, qui recouvrait une masse informe. Je vis Lahaie se diriger vers cette masse, soulever la couverture et laisser s'échapper de son ventre une plainte comme on n'en pousse que rarement dans sa vie, à moins de se tenir près de l'horreur.

Lahaie venait de découvrir Paul, il n'y avait pas de doute, je n'étais pas tout à fait fou, et pourtant je ne comprenais rien, je n'arrivais pas à réunir les différents éléments éparpillés devant moi en un ensemble cohérent, pas plus que je ne parvenais à formuler la moindre phrase où ces éléments auraient pu être reliés par des verbes qui auraient éclairé leurs rapports. Comment ce coyote ressuscité dans les eaux miraculeuses d'un ruisseau pouvait-il se trouver dans cette clairière, près de Paul? Comment cet animal que j'avais vu bien vivant l'avant-veille avait-il pu mourir une deuxième fois, et qui, qui donc avait pu le traîner jusque-là pour l'enterrer à la place de Paul, qui avait simplement été jeté sous les arbres avec sa couverture, en proie aux bêtes sauvages?

Lahaie ne comprenait pas non plus, je crois, qui demeurait agenouillé près de Paul sans bouger, à moins qu'il n'ait joué la comédie pour me leurrer. Puis il se produisit soudain une chose que je n'avais pas prévue. Lahaie se leva d'un bond et entra dans une colère noire, à faire peur, plus noire que la terre humide où le coyote avait été enseveli. Il se mit à gesticuler et à hurler des choses auxquelles je n'entendais rien, le corps secoué de sanglots auxquels je ne comprenais rien non plus, pendant que mon corps, à moi, devenait d'une lourdeur de plomb – c'est ce qu'on dit, je crois, même si l'on ne connaît pas la densité du plomb, quand les membres n'obéissent plus à la volonté, à la nécessité d'agir – et s'enfonçait centimètre par centimètre dans le sol meuble. Lorsque Lahaie se calma enfin, j'étais déjà à demi enseveli et ne voyais que ses larmes,

rien d'autre, qui dessinaient des traînées sales sur son visage
où je me pris à compter les rides, séparant les plus petites des
plus creuses, les plus naturelles de celles qu'un peu moins de
douleur aurait laissées en surface. J'étais rendu à onze, onze
profonds et ineffaçables sillons, dont j'avais repris le compte
sur ma main gauche, quand Lahaie murmura que j'étais fou,
fou à lier, dangereux, et que, dans ces conditions, il aurait
mieux valu oublier ce cadavre et l'abandonner à la paix qu'il
avait enfin dû trouver. C'était aussi mon opinion et je bre-
douillai à mon tour qu'il aurait mieux valu, en effet, ne pas le
décrocher de son arbre, là où sa présence était devenue
naturelle. Ce macabre désordre ne constituait ni plus ni
moins qu'un aveu de sa culpabilité et je voulus savoir quand,
quand Lahaie avait fait cela, puisqu'il m'apparaissait soudain
que c'était lui, le responsable de cette orgie, mais j'eus beau
l'assaillir de questions et permettre à mon sifflement de se
répandre de nouveau sur la clairière, il ne me répondit pas. Il
alla simplement chercher la bâche demeurée au pied du
chêne et entreprit d'y emmailloter Paul tandis que, les bras
ballants, je regardais le ciel gris où se découpait l'ombre des
vautours, preuve que le pays avait connu d'imprévues migrations durant mon absence, puisque les vautours, me semblait-
il, n'avaient jamais vécu sous ce parallèle. Puis, las d'observer
leur vol, je revins à la clairière et vis le corps de Paul qui gisait
à mes pieds, enveloppé dans la bâche de Lahaie. Je m'arrachai
alors à la terre froide, en répétant machinalement des paroles
dont la cohérence ne pouvait être perceptible que depuis un
état de confusion semblable au mien, puis je jetai un dernier
coup d'œil au coyote, qui ignorait également ce qu'il faisait
là. Nous transportâmes ensuite le corps de Paul loin de la
clairière, effaçant derrière nous nos pas, puis la longue et

sinueuse trace creusée par la bâche à laquelle Lahaie m'avait attelé.

Trois heures plus tard, Paul dormait sous les sapins, à un kilomètre, dans quelque direction que l'on se tourne, de tout lieu habité. Quant à moi, je ne dormais pas et ne dormirais peut-être jamais plus. Je pensais à l'escabeau de Paul, dont les démons s'étaient extirpés en n'y laissant que des éclaboussures de leur sang noir, je pensais au coyote, qu'un destin cruel avait forcé à une nouvelle agonie, puis à Paul, auquel je n'avais pas eu la possibilité d'adresser un dernier adieu. Je pensais au présent d'Humphrey, que je n'avais évidemment pas trouvé dans ma poche au moment où j'aurais voulu me sentir moins seul, puisque la veste que je portais la veille avait été réquisitionnée par Lahaie et peut-être jetée au feu, et je me demandais jusqu'où avait pu me conduire hier ma descente au plus profond d'un sommeil dont je m'étais éveillé plus courbaturé que jamais. Je pensais à tout ce qu'un esprit tourmenté peut oublier, à tout ce qu'il peut imaginer ou inventer pour justifier ses égarements, et j'écoutais les pas de Lahaie, lourds et lents, tenter de répondre aux mêmes questions.

C'était la dernière fois que j'entendais ces pas, et je ne savais si leur souvenir me laisserait anxieux ou nostalgique, mais il s'agissait là d'une préoccupation ne servant qu'à me détourner d'autres préoccupations plus pressantes que je ne pourrais résoudre sous ce toit. Je fis donc mes bagages avec l'intention de quitter la maison de Lahaie dès le lever du prochain jour, puisque rien ne pouvait plus être dit entre nous, mais je ne quitterais pas les environs de Trempes pour autant, non, je ne m'éloignerais pas de ce village tant que cette douleur qui me vrillait depuis peu le crâne n'aurait pas disparu et que je n'aurais pas obtenu de réponse à toutes ces questions. Je resterais à proximité, observant à une distance raisonnable les allées et venues de Lahaie et de ses oiseaux, d'Anna, de quiconque me semblerait suspect. Je hanterais les bois de Trempes avec Faber et, quand je serais enfin libéré de mes doutes, je ramènerais Paul dans sa clairière et je m'en irais, loin, très loin, respirer le printemps qui ferait choir sur la terre verdoyante les feuilles mortes du dernier automne désespérément accrochées à leur branche.

Les fantômes font leur nid dans les fractures.

Fred Vargas,
Pars vite et reviens tard

Depuis deux jours, la neige était là, qui accentuait le silence des pas solitaires dont les traces sillonnaient les abords du chalet de mon père où j'étais venu m'installer, malgré le délabrement des lieux, pour regarder le froid prendre possession du pays.

Sur le manteau de la cheminée, Harvey, Hervé et Irving pensaient à l'illusion de l'été et tentaient de s'acclimater à ce nouvel habitat où, dans le rougeoiement du feu, le soleil se couchait dix fois par jour, multipliant la durée des mois interminables où l'illusion devrait être maintenue. Quant à moi, je pensais à l'hiver, à l'ordre d'écrou prononcé par l'arrivée de la neige, me disant que cet hiver qui s'amorçait serait plus interminable que tous les autres et qu'il me faudrait sans cesse inventer de pieux mensonges pour qu'on ne nous découvre pas ensevelis sous la glace, Harvey, Hervé, Irving et moi, quand viendraient les premiers soleils d'avril, le corps figé dans des poses dont on déduirait l'horreur ou le désespoir, le rapide travail de la peur ou celui, plus lent, de l'ennui.

Lahaie ne m'avait fait aucune difficulté lorsque j'étais descendu avec mes bagages, il y avait de cela une semaine environ, et que j'avais déposé les oiseaux près de ceux-ci, m'appropriant une part de sa réalité ainsi qu'il s'était lui-même emparé de la mienne en me privant de la présence quotidienne de Paul. *Je ne savais cependant pas, en emportant ces trois oiseaux, que j'emportais avec moi la clé de mon destin, qui se matérialiserait d'abord sous les traits effrayés d'Anna Dickson. Je ne savais pas que le hasard, qui s'était de nouveau mis en branle le matin où une sarcelle avait rendu l'âme sur le bord d'un étang, interviendrait une autre fois dans mon histoire par l'intermédiaire d'un animal mort, comme s'il fallait accumuler le nombre des victimes pour que je retrouve enfin la trace de la première d'une longue série de vies sacrifiées et que soit ainsi bouclée la boucle du sang. C'est grâce à Irving, en effet, que me seraient restitués les secrets de Trempes, que Paul Faber avait emportés dans le silence de son tombeau. C'est également grâce à Irving que j'apprendrais que j'avais vécu claustré dans une crypte où ne pouvaient me parvenir les voix partageant ces secrets avec moi.* Il m'avait serré la main avec insistance et m'avait regardé longtemps droit dans les yeux, essayant probablement de comprendre derrière quel impénétrable rempart se dissimulait cette lumière qu'il avait tenté de faire jaillir en m'ordonnant ni plus ni moins d'enterrer Paul, puis, dans un ultime effort pour ouvrir une brèche dans le rempart, il m'avait remis le bout de plastique trouvé dans la poche de mon veston.

J'avais esquissé un sourire à la vue de ce présent que je croyais perdu, comme je croyais perdu tout ce qui me liait à Paul, mais mon regard, lui, avait conservé cette opacité qui me coupait et m'avait toujours coupé du monde, cet aspect vitreux qui le faisait ressembler au regard des oiseaux morts derrière lequel se concentrait la mémoire d'une vie brusquement interrompue par des causes violentes. Soulagé de constater que Lahaie pouvait encore avoir envers moi un geste amical, je l'avais remercié, j'avais mis la lanière dans ma poche, puis j'avais quitté sa maison sans un mot de plus, puisque l'heure des adieux, dans mon esprit, n'avait pas encore sonné.

Une fois dehors, je ne m'étais pas retourné, mais je savais qu'ils étaient tous là, les oiseaux et Lahaie, qui avaient quitté leur socle pour m'observer de la fenêtre, perdus dans des spéculations dont je préférais ne pas connaître la nature. J'avais installé Irving et ses compagnons sur le siège du mort, puisqu'ils n'y risquaient plus rien, j'avais mis la voiture en marche et j'avais filé en direction du prochain village, indifférent aux corneilles et aux corbeaux qui se multipliaient le long de la route. Arrivé là-bas, j'avais joint l'homme qui, jusqu'à la mort de mon père, avait entretenu le chalet *(mon père savait, je crois, que la nécessité me ramènerait tôt ou tard à Trempes, et que c'est ici que j'échouerais quand Trempes m'aurait rejeté)*, et j'étais venu défaire mes bagages, reprendre possession de ce lieu qui m'appartenait toujours. J'avais expliqué à Irving, plus anxieux que ses compagnons, pourquoi nous étions là, puis je les avais tous trois installés sur le large manteau de la cheminée, Irving au centre, un peu en retrait par rapport aux deux autres, afin qu'ils n'aient pas à tendre le cou pour se parler, risquant de faire glisser leur socle et d'aller s'assommer sur le granit de l'âtre. Le triangle qu'ils formaient ainsi n'était pas aussi parfait que celui qu'avait conçu Lahaie près de cette fenêtre qui avait été la mienne, mais il évoquait cette flèche que dessinent dans le ciel certains oiseaux migrateurs, et permettait en cela de croire que Harvey, Hervé et Irving partiraient un jour pour un nouveau voyage.

J'avais ensuite sorti le morceau de plastique, que j'avais placé devant moi dans la lumière de l'âtre pour tenter d'y lire, à travers les marques du temps, le message d'Humphrey le coyote. Engourdi par la chaleur, puis séduit par le jeu des flammes dessinant un paysage dans lequel je voyais s'embraser les arbres morts de la rivière, d'où s'échappaient en hurlant les âmes des voyageurs envoûtés par les reflets des profondeurs, j'avais peu à peu oublié le morceau de plastique, jusqu'à ce que, dans le rougeoiement des braises, un peu de bleu m'apparût, un peu de bleu pâli par les années, que l'opacité de mon regard associa au bleu d'un ciel altéré par les rougeurs d'un crépuscule automnal. *Les crépuscules d'automne m'avaient toujours semblé à la fois les plus beaux et les plus déchirants, peut-être parce qu'ils ne marquaient pas seulement la fin du jour, mais la fin de l'été, le déclin d'illusions ravivées par la chaleur et la lumière, mais qui s'amenuisaient d'année en année, en même temps que la chaleur et l'été perdaient leur pouvoir d'adoucir la tristesse. J'avais toujours eu le sentiment que, derrière les crépuscules d'automne, se cachait une vérité qui était la vérité de toute vie. J'ai encore ce sentiment, auquel il me faut ajouter une certitude, celle que les crépuscules d'automne, en ce qui me concerne, cachaient aussi une vérité ne pouvant heureusement être appliquée à tous, la vérité du crime, et de l'effondrement qui s'ensuit. En associant les couleurs de ces couchants à quelque bleu enfui, j'avais donc commencé, sans le savoir, à gratter la surface de la toile, sous laquelle se dissimu-laient des couleurs autrement plus saisissantes et définitives.* Perturbé par ce bleu trop pâle, j'avais replacé l'objet dans ma poche, avec le désir inconscient de l'oublier, puis je m'étais réfugié dans l'hiver, dans les bleus de l'hiver, issus d'une blancheur telle qu'ils ne pouvaient évoquer d'autres saisons.

Le reste de la semaine, je l'avais passé à me promener et à réfléchir, dans la mesure où ma migraine me le permettait, où l'opacité de mon regard me donnait accès à ces zones se définissant par une absence criante de lumière. J'avais arpenté la plage des heures durant, défaisant les segments de l'arthropode endormi sous la neige, puis les enfonçant dans la profondeur du sable en me demandant ce qui s'était passé dans la clairière, si Lahaie avait vraiment quelque chose à voir avec la dépendaison de Paul, puis avec la mort d'Humphrey, ou si ces faits inexpliqués devaient être imputés à un homme que je ne connaissais pas, mais ayant des liens avec celui qui s'était jeté sur Anna Dickson. J'avais examiné toutes les hypothèses, retourné la question dans tous les sens, et n'étais arrivé à aucune conclusion de nature à lever le doute qui m'effleurait chaque fois que je voyais mon visage blessé s'avancer vers moi dans la fenêtre assombrie. Une chose me paraissait cependant certaine, un homme fou, et qui oubliait les gestes de sa folie, rôdait entre Lahaie et moi. Il me restait toutefois à déterminer dans l'esprit duquel logeait cet homme.

Je ne fus pas long à le découvrir. Un matin de doux temps, je fus éveillé par le bruit monotone et lancinant des gouttes qui, à intervalles réguliers, tombaient du plafond sur le tapis usé du salon, où elles avaient formé une tache en forme d'étoile, de soleil, un cercle flou dont les bords semblaient vibrer et se distendre à chacune des explosions provoquées par l'impact d'une nouvelle goutte. J'étais contrarié par l'intrusion de l'hiver dans la chaleur de mon refuge et n'avais pas envie de me consacrer à des gestes qui me distrairaient du but que je m'étais fixé, démasquer l'homme fou qui avait perturbé la tranquillité de Trempes, mais je n'avais pas le choix, il me faudrait monter sur le toit et tenter de colmater la fissure par où s'infiltrait l'eau si je ne voulais pas, chaque fois que le soleil serait plus chaud, le voir se liquéfier sur le tapis du salon dans ce bruit marquant la trop insistante répétition du temps.

Je me mis aussitôt en quête des outils nécessaires, que je savais pouvoir trouver dans la remise attenante au chalet. Il régnait toutefois un tel fouillis dans cet endroit que je fus d'abord tenté d'abandonner, mais les canards de bois alignés sur une tablette comme autant de maladroites reproductions d'Irving me ramenèrent très loin dans un passé où ces canards, dans mon esprit d'enfant, étaient aussi vivants que les oursons auxquels je racontais mes exploits de la journée le soir venu, et j'eus envie de voir combien de reliques de cette époque contenait ce débarras. Ma tâche serait allégée, croyais-je, par l'exhumation de ces objets devenus inertes, mais qui étaient jadis dotés d'un souffle encore visible dans le timide sourire des canards, et peut-être apercevrais-je, sous les bouées crevées, la réponse aux questions qui m'obsédaient et avaient fini par rendre mon sourire plus contraint, si la chose est possible, que celui des canards reclus dans l'obscurité et l'odeur de moisissure.

J'enjambai donc la chaloupe pour me diriger vers le fond de la remise, où se dressait l'établi, faisant dégringoler au passage un vieux bocal de clous rouillés qui se fracassa en touchant le sol. C'est lorsque je me penchai pour examiner les dégâts que je vis, derrière un empilement de pots de peinture, un œil, un œil de bois, comme celui des canards, mais animé d'une indéniable lueur, qui me fixait de son air narquois, comme s'il attendait ma visite depuis toujours. Le sentiment de déjà-vu que j'éprouvai alors détruisit le mince espoir que m'avaient donné les canards, car je connaissais cet œil, je le connaissais trop bien, pour avoir maintes fois senti sa froideur dans la clairière. Or le fait est qu'il ne pouvait se trouver là, que sa présence sous l'établi relevait non du domaine de l'improbable, mais de l'impossible, puisque cet œil avait disparu avec celui de Paul, puisque, raison ultime, cet œil n'appartenait pas à l'enfance. Je délirais, il n'y avait pas de doute, je divaguais, je n'avais qu'à regarder ailleurs, qu'à respirer profondément, et il disparaîtrait. Ce que je fis, mais l'œil demeurait là, insolent et railleur, près des sourires tordus qui s'élargirent quand je fis tomber les pots de peinture, des pots de peinture verte, pour les clôtures, rose, pour l'encadrement des fenêtres, qui roulèrent en grinçant sur les clous et le verre brisé. Ils étaient là, incrustés dans le bois de l'escabeau de Paul que quelqu'un, un homme, assurément, capable de replacer derrière lui la poussière et de reconstituer le désordre des lieux clos, avait dissimulé à cet endroit, avec la corde de Paul, une solide corde de jute enroulée sous l'escabeau et que me désignait l'œil des démons, comme un moyen, peut-être, de mettre un terme à toute cette histoire.

Je fus tenté, je l'avoue, de me laisser séduire par la proposition des démons, de prendre la corde et de l'attacher au premier arbre venu, tant ma fatigue était tout à coup immense, mais j'étais paradoxalement trop épuisé pour mourir et ne voulais pas quitter ce monde dans une ignorance qui me poursuivrait éternellement. Quelque chose, dans tout cela, ne fonctionnait pas, quelque chose qui avait à voir avec le temps, la conscience du monde, la logique de toute causalité. Je ne pouvais avoir apporté ces objets dans la remise. Je n'avais *pas* apporté ces objets dans la remise, et pourtant ils étaient là, aussi palpables que les canards de bois, les pots de peinture, les rames suspendues au-dessus des fenêtres. Incapable de réfléchir calmement, je m'assis dans la chaloupe, d'où s'élevait une odeur de rouille et de poisson mort, puis je me couchai dans la chaloupe, où scintillaient les écailles des poissons morts, essayant d'imaginer un ciel d'été à travers les planches ajourées du plafond, un ciel dans lequel s'envoleraient les sarcelles, les alouettes, les huards, sans nuages, un ciel insouciant, avec peut-être quelques petits flocons blancs à l'horizon, des embryons de cumulus qui iraient éclater sous d'autres latitudes. Il avait existé, ce ciel, puisque j'en avais le souvenir. Lorsque je remontais jusqu'à Trempes et ses environs, je n'avais d'ailleurs le souvenir, curieusement, que de choses légères, éthérées, sans ces blessantes aspérités du réel, « comme si l'enfance n'avait pas sa part de cris », dis-je aux canards alignés sur la tablette, qui me répondirent d'un sinistre coin-coin, de concert avec les démons de l'escabeau de Paul, comme si l'enfance était bleue, uniformément bleue, comme la petite robe bleue d'Anna… C'est alors que la chaloupe se mit à tanguer, que je me mis à trembler, et qu'un violent orage éclata dans la limpidité du ciel, qui se déchira suffisamment pour que je commence à percevoir, très faiblement, les cris étouffés de l'enfance, puis la noirceur de certains cieux sous lesquels ces cris résonnaient.

Quand je rentrai au chalet, la nuit était tombée, le feu éteint, et les oiseaux dormaient profondément. Je pris soin de ne pas les éveiller, j'allumai une lampe et j'allai me poster devant le miroir de la salle de bains, pour y observer mon reflet, sous lequel se cachait peut-être l'inconnu que je recherchais. Dans la glace, se tenait un homme aux yeux vidés de toute expression, dont la barbe de quelques jours était bizarrement clairsemée autour de la cicatrice qui barrait son menton. Une deuxième cicatrice à la tempe droite, plus fine, suivait l'exacte inclinaison de la première, délimitant avec elle cette région où, normalement, le visage est susceptible de s'éclairer. Or ce visage ne contenait aucune trace de la lumière qui avait pu l'animer. C'était le visage d'un homme fou, et qui l'était assurément depuis longtemps.

Ne sachant que faire pour atténuer les marques de cette folie, j'entrepris de me raser méticuleusement, en traçant tout aussi méticuleusement sur ma joue gauche une diagonale dont l'angle serait contraire à celui des deux autres et me distinguerait de Paul Faber. Lorsque le sang se mit à couler et que la brûlure se fit cuisante, je sus au moins que j'étais vivant, ce que confirma le passage furtif de la douleur dans mes yeux éteints. Je me forçai ensuite à sourire, comme le font les vivants, malgré le feu qui irradiait de ma plaie à la plus petite contraction de mes muscles, et retournai au salon où le bruit des gouttes, monotone, se conjugua à celui martelant mes tempes.

~

Après la macabre découverte de l'escabeau puis de la corde de Paul, je demeurai plusieurs jours dans un état semi-comateux, incapable de réfléchir de façon cohérente et repoussant, dès qu'elles se présentaient à mon esprit, les images insensées où je me voyais dépendre le corps de Paul pour le mettre en terre. Elles arrivaient avec le couchant, silencieuses, venaient à moi par la fenêtre du salon, puis se matérialisaient devant l'âtre, toujours les mêmes images, où j'entrais en scène par le sentier du coyote, côté jardin, avançant de quelques pas dans la pénombre alors que mon visage, invariablement, blêmissait jusqu'à disparaître, si bien que je me demandais chaque fois si c'était bien moi qui me trouvais là, si je ne plaçais pas mon visage sur ce corps anonyme, pareil à tous les corps d'homme, à défaut de pouvoir lui donner un autre visage. Puis un trou s'ouvrait dans cette forme floue, un trou béant du fond duquel auraient dû surgir de sombres échos, mais qui semblait absorber, avaler l'insupportable silence du lieu, à moins que le silence, au contraire, n'ait eu sa source dans ce trou. Le silence avait peut-être une matérialité, après tout, comme l'obscurité, et il n'était pas impossible, me disais-je, qu'il existe une source produisant un silence à ce point dense qu'il en abolissait le moindre bruit, puis je rêvais de découvrir cette source, sachant bien qu'un noyau de silence tel ne pouvait appartenir qu'au néant. Après, l'image se mettait à défiler très vite, à une vitesse qui ne pouvait correspondre au temps réel de l'action, à preuve la trop rapide installation de la nuit sur la clairière, qui écrasait le couchant en quelques secondes, pendant que l'homme sans visage se précipitait sur le pendu, l'arrachait à son arbre et le traînait à la lisière de la forêt. Toujours les mêmes images, affolantes, et qui ne m'apprenaient rien, augmentaient ma confusion et me faisaient craindre de perdre ce qui me restait de mon visage ainsi que j'avais jadis perdu mon reflet dans l'eau de la rivière.

Je tâchais donc de les repousser, avec la faible énergie dont je disposais encore, je me mettais à chanter par-dessus le silence, *let the sunshine, let the sunshine in,* ou à réciter les paroles de la seule prière me venant à l'esprit, *Notre Père, qui êtes aux cieux, que Votre nom soit sanctifié, que Votre règne arrive,* espérant presque l'avènement du règne de Dieu malgré la crainte que celui-ci m'inspirait, malgré la peur que, dans sa toute-puissance, il réussisse là où avaient échoué les démons et me pousse à accrocher la corde de Paul à la plus grosse branche de l'érable jetant son ombre sur le chalet, car Dieu, créateur de toutes choses, était aussi en cela le tentateur suprême, *et ne nous soumettez pas à la tentation,* disais-je en voyant mon corps se balancer sous l'érable, *mais délivrez-nous, délivrez-nous enfin du mal.* Je ne faisais plus confiance à Dieu ni à diable, pas plus que je ne me sentais à l'abri du mal auprès de cet homme au visage balafré partageant le chalet avec moi.

J'éprouvai en ces jours ce qui est pire que la plus profonde des solitudes. J'éprouvai la sensation non seulement d'être abandonné de tous, mais de n'être plus personne, un corps n'ayant de douleurs que celles provoquées par des images, un homme dont la vie se déroulait dans des zones d'oubli que tentaient de percer les images, et j'avais peur, peur que ces zones d'oubli soient plus nombreuses que ne me le laissaient entrevoir les derniers événements, d'avoir violé Anna vingt fois ou d'avoir traîné, dans des forêts de chênes et d'aulnes, de racines rampantes contre lesquelles butaient les rôdeurs, les braconniers, les assassins et les enfants perdus, le corps pestilentiel de multiples Faber.

J'étais encore loin de la vérité, mais je m'en approchais, lentement, en empruntant les mille détours que prend l'esprit qui désire et redoute à la fois la vérité, hésitant à la manière de l'homme qui convoite une femme dont il sait qu'elle le blessera à mort, et qui veut cette mort, trébuchant sur les racines noueuses puis blessant mon visage aux aulnes qui avaient eu vingt-cinq années pour étendre leurs branches enchevêtrées et emmurer les cris provenant de la clairière de Trempes.

~

La première tempête de décembre s'était abattue sur la campagne, faisant rugir le feu dans l'âtre et ployer les minces bouleaux réunis en cercle près de la grève pour mieux se protéger, aurait-on dit. Toute la journée, j'avais regardé l'eau et la neige se livrer combat dans le déferlement des vagues, la poudrerie être absorbée par la surface noire du lac puis avalée par l'écume roulant sur le sable froid, complètement hypnotisé par les rafales qui s'abattaient parfois sur la fenêtre et nous enfermaient, les oiseaux et moi, dans la rage blanche du vent. Dans le salon où nous nous tenions, seule la lueur de la flamme nous rappelait l'abîme séparant la blancheur de la lumière, l'infranchissable distance entre le froid et le feu, qui nous gardait de la tentation de nous livrer aux tourbillons encerclant le chalet et dans lesquels, me semblait-il, il eût été bon de se laisser emporter jusqu'à atteindre la plus totale insensibilité. J'aurais aimé accéder à cette légèreté dont me gardait le feu et enfin m'endormir, car je ne fermais plus guère les yeux depuis que les images de la clairière avaient envahi le chalet, sans cesse tiré de mon sommeil par le souvenir de Paul, qui continuait de se balancer sous son arbre, tel un pendule égrenant les heures qui m'étaient comptées et faisant valser la diagonale qui m'avait permis de mesurer l'avancée du jour. Je m'éveillais chaque nuit dans une semi-clarté où l'ombre de Paul faisait osciller le temps d'avant en arrière, si bien que le jour ne progressait plus, que le temps semblait ainsi contenu dans un présent instable, hésitant entre un passé et un avenir dont la mort de Paul avait signé l'abolition.

Je me demandais ce qu'il adviendrait de nous, des oiseaux et de moi, quand le jour s'éteindrait définitivement, car je craignais de ne jamais découvrir ce qui se cachait derrière les images me visitant au crépuscule, et en déduisais que la nuit était pour bientôt. Tout avait été avalé par le temps et par la force d'inertie me clouant au vide. Même ce chalet où j'avais passé les plus beaux moments de ma vie craquait de toutes parts dans le sifflement du vent, abolissant la beauté des souvenirs où j'avais tenté d'apaiser ma douleur. Je ne trouverais rien ici, si ce n'est un aperçu de la fin qui m'était réservée. Peut-être y trouverais-je également la confirmation que je n'étais revenu à Trempes que pour y apprendre que j'étais fou, issu d'un monde où l'égarement l'emportait, et qu'il était normal que je revienne parmi les miens, pour y mourir ou pour les enterrer.

Tout tendait d'ailleurs à me prouver, y compris les oiseaux, que ce triste constat était le seul possible. Irving s'affaissait de jour en jour, l'œil morne, pendant que Harvey et Hervé perdaient leurs plumes, qui tombaient du manteau de la cheminée en de doux glissements, puis se mettaient à tourbillonner au milieu de la pièce, poussées par le souffle du feu, pour se poser enfin sur le sol avec toute la délicatesse, la légèreté que l'on prête aux anges. J'en étais à me dire, alors que voletait devant mes yeux une plume d'une blancheur de janvier, que j'avais eu tort d'emporter ces oiseaux avec moi, que je n'avais pas le droit d'entraîner qui que ce soit dans ma déchéance, quand Irving se redressa un peu, peut-être secoué par la rafale qui venait de frapper la fenêtre, et que, dans son œil, passa l'éclat d'un tourbillon qui alla s'engouffrer dans le lac. Au même moment, un faible rayon de soleil, sitôt happé par le vent, vint s'échouer sur le manche d'argent du tisonnier, puis obliqua sur la plaque d'Irving, qui scintilla dans la pénombre du chalet, auréolant ses pattes d'une pâle lumière.

C'est là que le hasard entra une nouvelle fois en jeu, que de menus faits se conjuguèrent pour invalider le constat auquel j'étais parvenu, à ce moment exact où, contre toute attente, le soleil se jeta au pied de l'âtre. Je m'interrogerais longuement, par la suite, sur la fragilité de la coïncidence, sur les infimes probabilités de la rencontre de deux phénomènes, et j'en conclurais que le pouvoir que nous avons sur notre destin est également infime, puisque toute bifurcation de la lumière peut en infléchir le cours.

Un événement venait de se produire. Durant une fraction de seconde, les mots représentant en quelque sorte l'épitaphe d'Irving, sur lesquels mes yeux glissaient tous les jours, m'étaient apparus dans une clarté nouvelle. Irving, comment ne m'en étais-je pas aperçu avant, portait à peu de choses près le nom d'Anna Dickson. Au-dessus de l'âtre, les mots se détachaient maintenant de l'or de la plaque et se superposaient les uns aux autres avec une incroyable netteté : Anna Dickson, *Anas discors*, Anna Dickson, *Anas discors*... Je ne me demandai pas, à cet instant, s'il s'agissait d'une simple coïncidence. En fait, je ne suis jamais parvenu à déterminer si la quasi-homonymie d'Anna et de cet oiseau avait un sens, si le jour de la naissance d'Anna Dickson, une volonté mise en branle depuis des siècles, et dont l'aboutissement était prévu, avait soufflé le nom d'Anna à l'esprit de sa mère. Je ne m'interrogeai pas sur les projets de Dieu. Tout ce que je sais, c'est qu'en voyant le corps de nouveau effondré d'Irving, son œil redevenu vitreux, il me sembla apercevoir le corps pantelant d'Anna Dickson, le rictus implorant d'Anna Dickson, et le regard privé de vie d'Anna Dickson. Puis, en aussi peu de temps qu'il n'en faut pour constater l'arrivée d'un cataclysme, le déclic s'opéra, la vérité se fit jour.

Alors je chutai, je chutai comme avait chuté Lahaie bien avant moi. Le fauteuil où j'étais assis s'enfonça dans le sol et je quittai la pièce dans un affolant travelling arrière, aspiré par une force contre laquelle il était inutile d'essayer de lutter. Devant moi, les objets s'amenuisaient, les oiseaux piaillaient, immobiles, immensément immobiles, le feu n'était plus qu'un minuscule fragment de braise dans un décor de carton-pâte, et moi, qu'un amas de chair lourde et molle emporté vers son ultime destination. Lorsque je touchai enfin le sol de la clairière, c'était l'automne et je savais. Anna Dickson n'existait pas, Anna Dickson n'existait plus et je n'avais jamais violé Anna Dickson sous la pluie de novembre, puisque Anna Dickson était morte vingt-cinq ans plus tôt.

Sur la pierre de granit rose, il était écrit : « Anna Dickson, 1945-1959 ». Pas d'ornements, pas de fioritures, pas même un myosotis pour le souvenir, une colombe pour la pureté de l'éternité, son égale blancheur. Les survivants d'Anna Dickson désiraient le silence. Les survivants d'Anna Dickson ne croyaient pas en l'utilité des serments posthumes, ni que la vie puisse se résumer dans une formule. Ils avaient préféré laisser le temps marquer lentement la pierre d'Anna, y imprimer ses traces, déjà visibles dans le noircissement des arêtes du rectangle rose, plutôt que d'enfermer Anna dans l'invariabilité d'une seule phrase, puisqu'il n'existe aucune phrase, avaient-ils dû se dire, qui ne soit sujette au repentir, aucune sentence qui puisse réconcilier la violence de certaines morts et le repos qui s'ensuit.

Le matin où j'ai retrouvé Anna au fond du cimetière de Trempes, le temps était d'une douceur étonnante, presque cruelle pour un tel rendez-vous. Le soleil mat de décembre frappait le toit du charnier, à la droite de la pierre d'Anna, y faisant fondre la neige qui s'égouttait dans un bruit tout aussi mat et dessinait autour du bâtiment une mince ligne d'eau qui en aurait épousé la forme exacte, n'eût été cette interruption de la ligne créée par l'avancée d'un petit porche, et moi, moi, je restais agenouillé devant Anna, écoutant les gouttes d'eau marquer la trop insistante répétition du temps, apparemment calme, mais en réalité totalement épuisé par tous les cris qui s'étaient échappés de ma gorge, de façon ininterrompue, pendant deux jours, par toutes les visions d'horreur qui m'avaient poussé haletant dans la forêt, où j'avais suivi la direction de mes cris désordonnés, puis la lenteur des cloches accompagnant le convoi funèbre d'Anna Dickson, pendant deux jours, haletant, sans but ni raison.

Puis j'avais naturellement abouti là, dans ce cimetière où je n'avais pas mis les pieds depuis vingt-cinq ans et qui, proportionnellement, était devenu beaucoup plus vaste que les terres habitées de Trempes. Je m'étais promené entre les tombes, certain qu'aucun visiteur inconnu, violeur, assassin ou ami disparu, ne surgirait de derrière un arbre ou une haie pour surprendre ma détresse, puisque j'étais ce visiteur, violeur, assassin et ami disparu, cette ombre dont l'irruption n'avait pas été prévue sous le ciel bleu.

Après avoir contourné un amas de terre encore mouillé des pleurs du dernier convoi ayant foulé ce sol, j'avais comparé les pierres et les épitaphes, la modestie des unes et la prétention des autres, j'avais tenté de mesurer l'âge des pierres à leur effritement, à leur enfouissement dans le sol ou à la gangrène qui semblait atteindre les plus pâles, semées de taches noires qui se répandaient comme une peste sur leur surface érodée, puis je m'étais enfin résolu à me diriger vers la sépulture d'Anna, dont je connaissais l'emplacement exact, près du charnier, se découpant sur la colline que Paul et moi avions nommée la colline des loups, et les loups avaient hurlé, de concert tous les loups exterminés de Trempes avaient hurlé quand j'étais tombé devant la pierre d'Anna, apparemment calme, mais habité d'une terreur telle que ma voix, lorsque j'avais dit «bonjour Anna, bonjour, je suis revenu...», m'avait fait l'effet d'un coassement étouffé, des incompréhensibles éructations d'un pauvre d'esprit s'efforçant de rendre intelligible sa tendresse, puis les pleurs étaient venus, brûlants dans mes yeux rougis et sur ma peau tuméfiée, les pleurs d'un idiot ayant trop tard compris l'horreur où l'avait mené sa bêtise.

À l'heure où le soleil s'était mis à décliner, rasant de ses roses la colline des loups, j'avais enfin osé caresser la pierre d'Anna, dans le geste de lisser sa longue chevelure, couleur de foin mûr, emmêlée par le vent de courses effrénées, qui s'étalait sur le satin blanc du cercueil, ornée de boucles turquoise en intensifiant la clarté. J'avais posé mes lèvres sur les lèvres glacées d'Anna, ma joue contre la sienne, puis j'avais quitté le cimetière, suivant sur mes jambes chancelantes l'ombre démesurée d'un homme qui venait de retrouver son enfance.

Deuxième partie

La levée des ténèbres

La mémoire serait-elle le cadeau de Satan aux hommes?

Chet Raymo,
Dans les serres du faucon

Peut-être me faudrait-il commencer par l'amitié qui liait Charles Wilson à Paul Faber, ou par la folie de Paul Faber, puisque les deux sont indissociables, puisque leur amitié n'aurait pas à ce point été inconditionnelle si Paul n'avait été fou. Il me serait aussi possible de commencer par la folie de Wilson, qui a suivi celle de Faber, en est naturellement issue, comme si la folie était un mal transmissible, que l'on pouvait inoculer à ses proches, mais il est peut-être préférable que j'énonce d'abord les faits, les faits troublants desquels la folie pourra se déduire.

Le 19 octobre 1959, une jeune fille nommée Anna Dickson avait été trouvée, nue et sans vie, sur les berges de la rivière aux Ormes, dont le débit devint dès lors si lent que ses eaux se firent marais là où le corps s'était arrêté, bloqué par un tronc d'arbre. Cela fut si soudain que l'on eût dit que la rivière, amoureuse du corps blessé d'Anna, avait décidé de mourir avec elle. Seule une petite sandale bleue, témoin de l'appartenance de la jeune fille au monde des hommes, pendait encore à son pied inerte, et longtemps je crus, influencé en cela par un romantisme né de la certitude que les sentiments n'étaient pas l'apanage des hommes, que la rivière avait caché dans ses fonds vaseux l'autre sandale, enroulée dans une longue mèche de cheveux blonds.

Deux jours avant que la nudité d'Anna, rendue encore plus troublante du fait que son pied gauche était demeuré chaussé, ne soit devenue ce qui caractériserait à jamais cette enfant, un adolescent connu comme l'un des amis d'Anna, Paul Faber, avait disparu du village en même temps qu'elle. Malgré les recherches entreprises, on ne retrouva jamais le jeune homme. On associa rapidement les deux événements, mais on ne put déterminer si Faber avait également été victime de l'assassin d'Anna Dickson ou s'il était à l'origine de la mort de celle-ci, de la douleur de la rivière.

Quelques semaines après le drame, prétextant le choc que lui avait causé la disparition de son meilleur ami, puis la mort violente de la jeune Anna Dickson, les parents de Charles Wilson, que la folie de Faber avait déjà atteint sans espoir de rémission, l'amenaient loin de Trempes. Au cours des vingt-cinq années qui suivirent, personne ne les revit à Trempes, jusqu'au jour où un homme aux épaules voûtées vint frapper à ma porte et où je compris, lorsqu'il prononça son nom, que le soudain obscurcissement du ciel n'était pas l'effet des vents, et que la relative insouciance dans laquelle je vivais venait de prendre fin.

~

~

Les trois sœurs du lac et moi, depuis quelque temps, sommes devenus familiers. Elles émergent au matin des eaux froides puis vont s'asseoir sur l'un des îlots de glace, de plus en plus petits, rongés par le soleil d'avril, sous la chaleur duquel elles étalent et font sécher leur longue chevelure, aussi longue et soyeuse que celle d'Anna, raison pour laquelle je les ai nommées Anna, Anna et Anna, Anna la rousse, Anna la blonde, Anna la blanche, car il semble que la chevelure de la troisième ait été victime de l'une de ces implacables frayeurs qui font se précipiter le temps de la matière. Nous nous racontons nos histoires en scrutant l'horizon, comme si nous y cherchions de quoi apaiser le souvenir de nos drames, ou en regardant les branchages amassés sur le sable, les dessins qu'ils y forment, impuissants devant l'infini de l'horizon.

J'ai ainsi appris qu'Anna, Anna et Anna n'étaient pas entrées de leur plein gré dans les eaux du lac, mais qu'elles y avaient été poussées par une main aimante, tremblant du même amour que celle ayant signé la mort d'Anna Dickson. J'ai compris, à leurs murmures étouffés, que les trois Anna étaient mortes de la peur de mourir, c'est-à-dire de s'être désespérément débattues alors qu'elles auraient dû se laisser dériver jusqu'à atteindre une petite baie, une île, une bande de sable gris, ce qui crée entre elles et la première Anna un autre lien, car Anna Dickson non plus n'a pas su laisser s'approcher d'elle cet îlot de terre ferme où elle aurait pu reprendre son souffle. C'est la peur d'un danger qui ne l'a menacée qu'au moment où elle a pris conscience de son existence qui a causé la perte d'Anna Dickson. *Elle s'était soudainement rendu compte, Anna, que ni ses mains ni ses cris ne la délivreraient, qu'elle se trouvait à la merci de deux hommes nus, deux gamins se croyant des hommes du simple fait qu'ils étaient nus.* Auraient-elles tenté d'accueillir la mort plus calmement qu'elles seraient toujours vivantes, voilà ce que je répète aux sœurs du lac. Puis j'ajoute que je n'ai pas tué Anna Dickson, mais que je l'ai violée, obnubilé par la force brutale du péché de la chair. Je leur dis que ce n'est qu'après, quand la douleur de la jouissance m'a jeté au sol, que les petits glapissements s'échappant des yeux écarquillés d'Anna se sont tus, étranglés par la corde qui la retenait au chêne et avait entravé sa possible dérive.

~

Je me demande ce qu'a ressenti Anna en voyant nos gueules ouvertes, où devait se lire l'insondable stupidité de qui ne comprend plus rien. Je me demande quels mots, quels cris nous aurions entendus s'il nous avait été possible de traduire les gargouillis prisonniers de sa gorge. Peut-être nous injuriait-elle, Anna, horrifiée par notre léthargie, pendant que l'impensable, en une journée si douce, faisait s'érailler le chant des oiseaux. Mais peut-être avions-nous déjà disparu à ses yeux, peut-être implorait-elle Dieu, seulement Dieu, de retirer sa main de sa poitrine. Je ne le saurai jamais, mais quand je revois aujourd'hui les derniers couinements à s'être échappés de ses yeux, j'entends «aide-moi, Charlie, aide-moi», et je reste coi.

~

~

Deux jours avant qu'on trouve Anna, soit le 17 octobre, en plein été des Indiens, le plus bel été des Indiens que connaîtrait jamais Trempes, les trois jeunes gens étaient partis pour une expédition dont les deux premiers ne reviendraient pas, et dont le troisième ne reviendrait qu'à demi.

Personne, pas même leurs mères, ne les avait vus ni entendus partir. Le village entier dormait. Quant à moi, j'étais aussi dans les bois, à la recherche d'oiseaux blessés que je pourrais, avec le sentiment d'accomplir là une action que la charité oblige, endormir dans un mouchoir trempé d'éther. Ils s'étaient dirigés, avait-on présumé, vers la rivière aux Ormes, là où le corps d'Anna avait été repêché, exactement à l'opposé de l'endroit où je me trouvais, et d'où je n'avais pu entendre les appels de détresse de ces trois enfants découvrant brutalement la mort.

La dernière fois qu'on les avait aperçus, c'était la veille, complotant dans la balançoire des Dickson, où Anna faisait figure de princesse. Chacun y allait donc de son interprétation des faits, mais on n'avait pas la moindre idée de ce qui s'était passé après leur départ du village. Toute cette histoire n'était fondée que sur des suppositions, des hypothèses, des allégations, et on chercha en vain la preuve qu'Anna Dickson était bien avec Faber et Wilson quand on l'avait étranglée.

La vérité, celle que Charles m'a apprise dans le délire de ses cauchemars, c'est qu'ils étaient passés devant la rivière sans s'y arrêter, qu'ils s'étaient enfoncés dans la forêt, Faber en tête, jusqu'à une petite clairière qu'ils avaient baptisée, en l'honneur d'Anna, la clairière de la vierge. Le reste, il m'a fallu le déduire des agissements de Charles, puis de son aveuglement, qui l'avait ramené à Trempes pour exhumer des morts auxquels il demanderait de lui prouver que sa folie n'était pas née de la tentation de la chair, conscient du fait qu'il n'est de plus triste folie que celle accusant le désir.

~

~

Les dernières images tangibles que je conserve de Trempes sont des images blanches, semblables à ces pans de neige furieuse qui isolent aujourd'hui le chalet de tout ce qui l'entoure, de la forêt, du lac, de la petite route cahoteuse où les premières pluies d'avril ont fait apparaître quelques touffes d'herbe sèche. Le matin de notre départ, c'était encore l'automne, mais le froid s'était installé sur le pays, puis avait dégénéré en cette tempête qui menaçait de bloquer les routes et de nous retenir prisonniers de Trempes. À cette réclusion, ma mère aurait préféré la mort, je crois, alors nous étions partis, profitant de ce que Trempes consentait à s'effacer derrière nous. Nous avions chargé nos bagages dans la voiture après que les voisins eurent éteint leurs lampes, et, dans un silence tel que nous entendions les flocons de neige s'écraser contre le pare-brise, nous avions fait nos adieux à Trempes, sans larmes ni regret, seulement avec ce frisson nous faisant craindre d'être poursuivis sur les routes ennuitées par cette chose nous forçant à fuir mais dont nous ignorions le nom. Puis mon père avait mis la voiture en marche et nous avions laissé le village être englouti par l'hiver, sans nous retourner, déterminés à n'y jamais revenir. Y serions-nous revenus que Trempes serait quand même demeuré blanc en ce qui me concerne, car j'avais déjà oublié, bien avant cette tempête, tout ce qui devait être oublié.

J'ai toujours à l'esprit des tourbillons de neige, ma mémoire ne les a pas calmés.

~

Je suis seul. Les sœurs du lac dorment sous la glace, enveloppées dans leur chevelure, les oiseaux somnolent sur le
manteau de la cheminée, et moi je veille, à l'affût des cris des
coyotes, des grincements de la ruine menaçant de faire
s'écrouler sur nos têtes ce chalet délabré, à l'affût des rires et
des pleurs d'Anna, qui s'immiscent la nuit venue par tous les
interstices que le temps a creusés dans la matière du temps. Je
croyais pouvoir faire taire ces pleurs, tout comme j'espérais
redonner vie à ce lieu abandonné, mais c'était oublier que la
vie ne peut venir que de la vie, et que je n'ai plus du vivant
que l'apparence, « comme toi, dis-je à Irving, comme Harvey
et Hervé ».

*La vie des objets vient de là, de la compagnie des vivants,
raison pour laquelle ce chalet continue de s'affaisser en dépit de
mes efforts pour maintenir le feu dans l'âtre. Laissées à elles-
mêmes, les choses se désagrègent, tentent de retourner à leur état
premier, de retrouver l'essence de la matière dont elles sont
issues, en pure perte, puisque totalement dénaturées par la main
de l'homme.*

Janvier a passé, puis février, puis mars, les grands gels de
la mort ont fait leur œuvre, pendant que les oiseaux et moi
grelottions, l'œil fixé sur le bleu de l'hiver, dans l'attente de ce
salvateur oubli qui m'avait si longtemps permis de mimer le
vivant. Mais l'oubli n'est pas venu, ce qui est normal, on
n'appelle pas l'oubli, il vient cruellement ou providentiel-
lement de lui-même. Quant à la voix d'Anna, elle a refusé de
se taire. Toutes les nuits elle est là, pour me rappeler qui
j'étais *(« ne le fais pas, Charlie »)*, qui je suis demeuré, un être
sans consistance, entièrement soumis à la volonté et au destin
d'un adolescent nommé Paul Faber *(« n'obéis pas, Charlie »)*.
J'ai d'ailleurs l'impression qu'Anna se rapproche et que ce
n'est qu'une question de jours avant qu'elle arrive jusqu'à

nous, que sa voix n'ait plus besoin des vents pour la porter. C'est ce que j'annonce aux oiseaux endormis, préparant leurs cauchemars aux cauchemars à venir. Je leur chuchote qu'Anna s'en vient, qu'elle creuse lentement de ses petites mains blanches la terre soumise aux mouvements du dégel, et qu'elle sera là, bientôt, qu'Anna arrive.

~

La pluie a succédé à la neige, résultat des incessantes variations d'humeur de ce pays où il est impossible de faire durer la joie de la lumière. « Nous ne sortirons pas aujourd'hui », ai-je annoncé aux oiseaux quand j'ai vu les nuages, les premières gouttes se mettre à bondir sur les eaux du lac, puis s'infiltrer dans la porosité des glaces offertes à la dérive des vagues d'avril. « Nos premières vagues depuis l'hiver », ai-je pensé à l'intention des trois sœurs, me disant que nous aurions désormais un nouvel élément pour mesurer l'intensité des vents. Puis je me suis mis à les compter, à compter les vagues, dans une portion bien délimitée de la rive, pour n'avoir pas à additionner toutes les obliques qui se chevauchent et rendent impossible le calcul de la totalité des vagues. J'ai compté jusqu'à mille, je m'étais fixé ce chiffre fou, puis je suis venu m'asseoir devant l'âtre, étourdi par l'image de mille vagues criblées de pluie. J'ai tenté de me reposer en fixant la plaque d'Irving, qui m'avait annoncé la mort d'Anna, puis le cadeau d'Humphrey, duquel j'avais pu reconstituer la sandale bleue d'Anna, première de la série d'images enfouies dans ma mémoire à revenir au jour. *Car il n'y avait pas eu effacement, mais enfouissement, nécessité de recouvrir l'ineffaçable en vue d'assurer la survie de celui qui refusait, malgré sa douleur, de laisser les mouches envahir sa peau, pénétrer dans sa bouche et*

descendre au fond de son ventre noir, là où elles suffoqueraient
avec lui.

Elles arrivèrent dans le plus grand désordre, chaotiques et
insupportables, à commencer par cette sandale, probablement
parce que le bleu avait été la première couleur à surgir du
blanc. Elle gisait sur l'herbe de la clairière comme un objet
perdu qui devrait affronter la pluie, la nuit grouillante de
la forêt, la neige, être soumis à des éléments qui en accé-
léreraient le vieillissement et la détérioration, et mon esprit
terrifié ne pouvait admettre l'aspect définitif de cet abandon.
Je n'arrivais pas à détacher mes yeux de cet objet parce qu'il
désignait mieux que nul autre la fatalité à l'origine du drame
qui venait de se dérouler sous le ciel également bleu, et parce
que je savais que, si je suivais la courbe de la petite lanière de
plastique et levais le regard, je rencontrerais le pied, tout aussi
inerte, auquel elle aurait dû être attachée.

C'est cette petite chaussure qui a d'abord surgi de la
masse confuse des souvenirs, puis la robe d'Anna, d'un bleu
plus foncé que la sandale, qui se balançait doucement sur la
branche à laquelle l'avait docilement accrochée Anna quand
Faber lui avait demandé de se déshabiller. *Il y avait eu à ce*
moment une brève interruption du temps, pendant laquelle
nous avions tous trois pris conscience de la gravité de l'instant,
puis Anna avait enlevé sa robe et le danger redouté avait pris
forme : la chair vivante n'avait pas la couleur du fantasme et
nous ne saurions qu'en faire. J'ignore pourquoi, mais cette
petite robe me semblait moins triste que la chaussure, peut-
être à cause de sa légèreté, du vent qui la faisait mollement
ondoyer, un vent doux et chaud qui se refroidirait sous peu,
puisque l'été des Indiens tirait à sa fin. *Ce fut d'ailleurs le*
dernier été des Indiens de toute ma vie. Il n'a plus jamais fait
soleil un jour d'octobre. L'été non plus, ce qu'on nomme l'été,

n'est jamais revenu. Je ne pouvais imaginer cette robe sans le corps d'Anna, et je tentais d'y voir le signe qu'Anna se remettrait bientôt à respirer, qu'elle se dirigerait vers la robe, la ferait glisser sur ses épaules brunies par nos courses effrénées dans les champs de blé mûr, et que je verrais sa poitrine se soulever légèrement, aspirer le vent d'été finissant, au même rythme que sa robe ondoyant.

C'est pourtant moi qui, quelques heures plus tard, au lieu d'en revêtir le corps d'Anna, avais pris la robe pour la déposer sur la dépouille de Faber, avec l'autre sandale d'Anna et sa petite culotte de coton, à laquelle un bout d'écorce, de la forme d'un croissant de lune, était resté accroché *(je me souviens de ce croissant parce qu'il m'avait semblé insolite parmi les fleurs minuscules imprimées sur la culotte, que je tenais du bout des doigts, timide, malgré la gravité de l'instant)*, avec le pantalon et la chemise de Faber, ses bas troués, ses espadrilles, et qui l'avais recouverte de terre noire, de feuilles mortes, de branches et de brindilles, accomplissant chacun de ces gestes avec toute la lucidité nécessaire pour qu'on ne soupçonne pas cette inhumation à laquelle Dieu n'avait pas assisté, puisque Dieu aussi était mort ce jour-là. Après avoir regardé mes mains tachées de terre disparaître peu à peu dans le soir tombant, j'avais pris Anna dans mes bras, je l'avais emportée à la rivière, puis j'étais retourné au village.

«Voilà ce que ma mémoire avait enfoui», dis-je à Hervé pendant que la pluie crépite sur le toit et que, de mille en mille, les vagues se volatilisent sur le sable froid, sans que subsiste au-dessus de la grève l'émanation qui devrait attester leur passage. Je lui dis que toutes ces images s'étaient enfoncées dans le sable avec les vagues, dans ce gigantesque souterrain, le souterrain des vagues, sur lequel nous ignorons marcher.

« J'avançais sur des images enlisées dans des sables mouvants, dis-je encore à Harvey, inconscient des reflux de la marée », mais les images se trouvaient là, tout près, dans cette région de l'esprit où se dessinent les représentations du souvenir, juste derrière l'œil, me semble-t-il, exactement à cet endroit par où elles entrent et constituent, par leur lente ou rapide accumulation, l'histoire d'une vie à laquelle ne peut avoir accès que son seul sujet.

~

Étions-nous à l'origine de la mort de Dieu ou est-ce Dieu qui, devant la douleur des hommes, s'était lui-même donné la mort en ce 17 octobre 1959, comme la frêle Anna Dickson ? Mais Dieu était-il réellement mort ou n'avait-il fait que s'absenter ? Je n'avais toujours eu de réelle relation avec Dieu qu'à travers Faber et je me demandais ce qu'il adviendrait de Dieu maintenant que Faber n'était plus là.

Je ne sais toujours pas ce qui est arrivé à Dieu, nos rapports ont cessé à ce moment, mais il m'apparaît clair aujourd'hui, pendant que le soleil se couche sur le lac où gisent les sœurs d'Anna, que je n'ai plus été capable, après la tragédie de la clairière, de m'adresser à Dieu autrement qu'à un disparu, un être cher dont il ne nous reste que la mémoire, un mort.

~

~

Pendant dix jours environ, les forêts de Trempes, ses champs, ses routes boueuses, furent traversés du faisceau des lampes rasant le sol, éblouissant les yeux des animaux surpris dans leur fuite ou leur chasse nocturne, s'arrêtant brusquement sur un vieux soulier, un tesson de bouteille ayant l'éclat furtif d'un regard, puis retournant au village où les femmes et les enfants, avec une crainte mêlée d'espoir, guettaient l'arrivée, au bout de la route, de ces lumières tremblantes.

Pendant les trois premières de ces dix interminables journées, le clignotement des gyrophares se mêla au faisceau des lampes, et l'on installa dans la sacristie un poste de commande où, un à un, tous les habitants de Trempes furent interrogés. Malgré le trouble du jeune Charles Wilson, qui indiquait qu'il en savait plus qu'il ne pouvait ou ne voulait en dire, on ne tira rien de lui. Le garçon ne semblait pas comprendre ce qu'on lui disait. Il regardait dans le vague en répétant que Paul Faber n'était pas mort, puis fixait, la bouche béante, ceux qui lui demandaient où était Faber. On finit par conclure, comme ses parents, à un choc nerveux, provoqué par les scènes d'épouvante auxquelles il avait dû assister. On évoqua la possibilité d'un internement, d'une cure qui ferait rejaillir les visions d'horreur, mais ses parents s'y opposèrent, en dépit des supplications de la mère de Faber et de la colère indécise de son père, qui ne savait s'il devait renier son fils ou détester Wilson, puis les Wilson quittèrent Trempes une nuit de novembre, laissant la neige effacer derrière eux leurs traces. Peu de temps après, l'enquête fut abandonnée, faute d'éléments tangibles, et l'on ne revit jamais ni Wilson ni Faber dans la région, jusqu'à ce matin d'octobre, je l'ai dit, où des nuées ne venant ni du nord ni de l'ouest, mais d'un creux de l'espace où le temps s'était arrêté, assombrirent subitement le ciel de Trempes dans le sillage de Charles Wilson.

~

~

C'est au milieu de la nuit, quand j'ai ouvert la porte de notre maison, que les yeux écarquillés de ma mère, qui semblaient vouloir me rappeler les glapissements s'échappant des yeux d'Anna Dickson, m'ont fait comprendre que quelque chose n'allait pas et n'irait jamais plus. Notre maison n'était plus notre maison, la lumière des lampes refusait d'effacer les ombres à mes pieds, et ma mère ne me reconnaissait pas, ce qui était normal, puisque j'avais vu la mort, la couleur qu'avait la chair de la mort, chaussée de petites sandales bleues.

Alors il y avait eu des cris, des pleurs, des questions dont je ne saisissais pas le sens. *« Qu'as-tu fait ? » Ce sont les mots qui revenaient sans cesse : « Qu'as-tu fait ? » Et ces mots m'accusaient tout en m'exhortant au mensonge, car la question ne voulait pas savoir, ne désirait pas de réponse, mais demeurait néanmoins question, en suspension dans l'air et dans le temps, en attendant de n'être plus question, de pouvoir abandonner cette intolérable position de l'ignorance.* Il y avait eu le visage blême de mon père derrière celui de ma mère rougi par les larmes. Il y avait eu le tremblement de la voix de mon père, à peine perceptible, le tressautement de son index au bout de son bras ballant, puis au bout de sa main levée, pareille à la main de Dieu avant qu'il meure. *Ce n'est pas l'enfant, mais l'homme, qui voit aujourd'hui la main outragée de Dieu se substituer à celle de son père, pointant son index inflexible vers la clairière de la vierge et du péché.* Puis il m'avait demandé de lui donner mes vêtements, qu'il avait brûlés au petit matin dans le jardin, avec les feuilles mortes d'octobre, d'où s'élevait une fumée densifiée par la bruine marquant la fin du dernier été des Indiens. Debout à la fenêtre de ma chambre, j'avais vu apparaître près de mon père le corps malingre de Caïn offrant à Dieu la pourriture de ses champs. J'étais Caïn, m'étais-je dit en refermant les rideaux, et j'étais à la fois la pourriture.

Deux jours après ces événements ayant entraîné l'incompréhensible déraison de mes parents, le corps d'Anna Dickson était découvert près de la rivière, mais je ne savais plus qui était cette fille, cette Anna dont le pied avait pris la couleur de sa chaussure. Quant à Paul Faber, il demeurait introuvable, et, après environ deux semaines de recherches intensives, on le fit porter disparu, inscrire au registre des absents, et les recherches furent abandonnées. Pourtant, il y avait encore eu des appels de détresse, des grattements d'ongles déchirés à ma fenêtre, mais puisque j'avais oublié la réponse à toutes les questions possibles, le malheur ne put tirer de moi aucun secours. Quelques semaines plus tard, prétextant le choc que m'avaient causé la disparition de mon meilleur ami, puis la mort violente d'Anna Dickson, mes parents, dans des tourbillons de neige, m'emmenaient loin de Trempes.

∼

Je n'arrive pas à comprendre comment il est possible que le corps de Paul n'ait pas été retrouvé, alors qu'on entendit aboyer les chiens pendant une période qui me sembla d'autant plus interminable que les crocs de la meute venaient toutes les nuits me tirer de la terre noire où je suffoquais pour annoncer au monde entier que Paul Faber n'était plus.

Probablement concentra-t-on les recherches près de l'endroit où avait été repêchée Anna, pour diviser ensuite cet espace en multiples sections, nord, ouest, sud-est, d'où seraient lancées les battues, et oublia-t-on cette branche de l'étoile, nord-est, qui aurait mené à la clairière, à moins que cette branche se fût incurvée d'elle-même, que, par l'un de ces phénomènes inexpliqués ayant permis mon retour à Trempes, les chiens aient su comme moi qu'il valait mieux ne pas déterrer l'horreur fraîchement recouverte et laisser ainsi libre cours à la tourmente des âmes cherchant Dieu.

~

~

Après trois jours d'interrogatoires, les inspecteurs dépêchés sur les lieux durent admettre que leur seul témoin potentiel était un garçon devenu muet et qui le demeurerait. Ils me convoquèrent cependant à plusieurs reprises, car ils prétendaient que, tout comme Charles Wilson, j'en savais plus que je ne voulais l'avouer. Ils tentèrent donc de me prendre au piège, me harcelèrent, allèrent même jusqu'à me rudoyer, puis confrontèrent mes dépositions, les analysèrent, les disséquèrent, tout cela en pure perte, puisque, contrairement à ce que pouvait laisser croire mon attitude, je ne savais rien. J'étais simplement inquiet, car quelque chose, dans toute cette histoire, m'échappait. Je connaissais les bois et les environs de Trempes mieux que quiconque et savais que Faber n'avait pu s'y cacher longtemps, pas plus que l'on aurait pu l'y dissimuler sans que les chiens ne flairent sa présence. Si l'on n'avait pas retrouvé Faber, c'est qu'il n'y était plus, qu'il s'était enfui en emportant avec lui les vêtements d'Anna Dickson.

Pendant de nombreuses années, j'ai donc attendu le retour de Faber, tout en parcourant les bois de Trempes à la recherche d'un indice, d'une piste que n'aurait pas effacée Faber. Je ne trouvai rien, mais j'eus rapidement la certitude que c'est dans la clairière qu'il me fallait chercher, sans pouvoir étayer cette certitude d'arguments rationnels. Le malaise que j'éprouvais chaque fois que je traversais cette clairière ou m'en approchais avait suffi à me convaincre qu'il s'était produit là ce genre de choses qui rendent la forêt redoutable, alors que la forêt n'y est pour rien, croyais-je, ne fait qu'offrir une scène ou un abri à la folie des hommes.

Puis un matin de grand soleil, je découvris sous les broussailles un objet bleu, qui avait été bleu, exhumé par un animal, un objet que j'avais imaginé au fond de la rivière. Je compris à ce moment que Paul Faber ne pouvait être que là où avait été enterré l'objet, vêtu de la petite robe bleue d'Anna Dickson. Il me faudrait attendre quelques années encore avant d'arriver à la sépulture de Paul Faber, dont le corps gisait pourtant là, sous mes yeux aveuglés par je ne sais quel inconscient désir de ne pas résoudre le mystère qui avait si longtemps plané sur mon existence. Or ce n'est pas un animal qui m'y conduisit, mais Charles Wilson, qui avait gratté le sol de ses ongles rongés, de ses mains tremblantes, jusqu'à faire venir le sang à ses jointures, et qui avait oublié d'où venait ce sang, « d'un coyote, d'un chien des bois que la mort ne tue pas », avait-il murmuré quand je lui avais enjoint de se laver. Le lendemain, je découvrais le coyote sous le vol des vautours, près des restes noircis de Paul Faber, et j'apprenais que la forêt pouvait être le lieu des plus grands maléfices.

~

~

Plus rien, ce jour-là, ne fonctionnait selon les lois de l'ordinaire. Tous mes sens se déréglaient, et c'est au moment où j'ai compris que l'inclinaison de la tête d'Anna n'était pas naturelle que j'ai cessé d'entendre les cris de Faber. Je le voyais qui gesticulait comme un dément près de l'arbre, qui secouait Anna pour qu'elle lui réponde, qui la giflait, la blessait peut-être, je voyais son regard qui m'implorait, sa bouche ouverte où les larmes se mêlaient aux filaments de salive reliant sa langue et son palais, comme ces curieux stalactites que j'avais découverts dans un manuel de géographie, mais je n'entendais rien, j'étais enveloppé dans le silence duveteux qui couvrait la clairière où reposait la sandale bleue d'Anna Dickson.

J'ignorais ce qui nous arrivait et ne voulais pas l'apprendre. Je savais seulement qu'il aurait fallu remonter le temps de quelques minutes, quelques minutes à peine pour que cessent les gémissements inaudibles de Faber, mais je savais aussi que cela était impossible, que même si nous faisions tourner vers l'arrière les aiguilles de nos montres et comptions assez de tours pour atteindre le jour de notre naissance, le temps refuserait de bouger. C'est cela qui me semblait inadmissible, cette soudaine immobilité du temps, ce subit arrêt de nos vies parce que quelques minutes nous avaient échappé.

Alors, dans un geste désespéré pour lutter contre cette immuabilité, j'avais pris la sandale d'Anna qui se trouvait sous mes yeux et l'avais remise à son pied, inerte et doux, pas encore froid, croyant peut-être qu'Anna reprendrait ainsi vie, comme dans un film se déroulant à l'envers, pendant qu'au-dessus de moi, la gueule béante de Faber déformait son visage en pleurs et m'indiquait que le film s'était définitivement cassé quand la tête d'Anna était tombée. Puis, tout à coup, le son était revenu, et avec lui la voix suraiguë de Faber, qui voulait détacher Anna, prendre sa corde et l'attacher aux branches du chêne, pour s'offrir à Dieu, en cet état de la plus grande humilité, puisqu'il avait maintenant la preuve de son existence, qu'il lui aurait fallu chercher dans l'irréfutable existence du mal.

« Je n'accepterai de mourir que le jour où j'aurai eu la preuve de l'existence de Dieu », m'avait-il déclaré au sortir de l'école, un après-midi de décembre où la nuit nous attendait dans la cour enneigée, frissonnant à l'idée de cette claire éternité dont il avait été question en classe. Je n'avais pas compris, à l'époque, toute la détresse d'une telle affirmation, derrière laquelle Paul tentait de masquer la crainte viscérale qu'il avait de la mort. « À quoi bon mourir, me disait-il, si Dieu n'existe pas », comme si nous avions pu décider de notre sort, opter pour une éternité qui aurait été le fait de notre seule volonté.

C'est ce qu'il hurlait, Faber, que Dieu était le mal, que là se trouvait l'explication de son omnipotence et qu'il n'avait sacrifié Anna que pour lui ouvrir les yeux et le rappeler à lui. Il criait qu'il n'y avait ni enfer ni ciel, que l'éternité commençait sur terre par la réunion du bien et du mal. Il criait que le diable et Dieu ne formaient qu'un, « un, Charlie, un », que la sainte Trinité n'était pas composée de trois membres, « mais de quatre, Charlie », comme chez les mousquetaires de Dumas, et qu'il avait enfin trouvé la solution à ce qu'il nommait la quadrature du triangle. Et moi, ne comprenant rien à son délire, j'avais voulu l'empêcher de rejoindre Dieu, j'avais tenté de contrecarrer les desseins du Mal, parce que Faber ne pouvait me laisser seul avec le corps d'Anna qui refusait de marcher, de parler, de sourire, et qui allait se refroidir, je le savais, devenir du bois gelé. *J'avais touché la main de mon*

*grand-père, lorsque j'étais petit, où courait un chapelet de verre,
et j'avais senti le bois sous sa peau.* Alors je m'étais rué sur lui
pendant qu'il détachait Anna et je l'avais frappé, de toutes
mes forces, avec mes poings rougis où tranchait la parfaite
blancheur des os de mes jointures, puis je l'avais encore
frappé, avec une branche morte tombée du chêne, qui avait
fait couler un mince filet de sang sur sa tempe gauche et avait
interrompu ses hurlements, dont le dernier s'était arrêté au
seuil de sa bouche entrouverte, puis s'était fait râle, soupir,
silence... C'était la deuxième fois, en quelques minutes, que
j'entendais le bruit que peut faire la mort, et je n'osais pas
bouger, essayant de me persuader que le souffle rauque me
parvenant sous le bruit assourdissant de mon sang n'était pas
le mien, mais celui de Faber. Puis j'avais compris que Faber
ne respirait plus, que la branche du chêne avait tué Faber, et
qu'il allait devenir comme Anna, du bois gelé. Ainsi la fatalité
n'était-elle pas ce qu'on croyait, avais-je pensé, la fatalité avait
une cause et, dans le cas présent, j'étais cette cause. J'avais
donc hurlé à mon tour, mais peut-être mon cri n'était-il
qu'un murmure, un couinement échappé de ma gorge nouée,
où l'air refusait de circuler. Pris de panique à l'idée de
m'effondrer près de Faber, de mourir dans cette stupide
clairière, je m'étais jeté par terre en me martelant la poitrine
avec mes poings blanchis, puis, mon souffle revenu, j'étais
parti. J'avais couru sur le sol duveteux, j'avais trébuché sur le
petit escabeau que Faber avait dérobé à la sacristie, j'avais
croisé l'œil des démons en touchant le sol, puis j'avais repris
ma course, jusqu'au sentier, jusqu'à la rivière où je m'étais
précipité pour me laver, m'éveiller de ce cauchemar,
reprendre contact avec les bruits du monde, en vain, puisque
le silence était aussi opaque et affolant sous l'eau claire et
fraîche que dans la moiteur irrespirable de la clairière.

~

« Dieu est ténèbre, dis-je aux oiseaux, il est l'inattendue ténèbre qui s'abat sur l'âme après toute lumière », paraphrasant en cela l'une de ces innombrables formules que j'aurai cru écrites à seule fin de torturer cette région sombre de ma mémoire que blessait toute lumière.

~

Je n'ai jamais aimé le mois d'avril. Avril est comme ces femmes qui vous aguichent, dénudent pour vous ce qu'elles ont de plus doux, puis vous abandonnent dans le silence d'une automobile garée dans une rue déserte, dans la pénombre d'une chambre, d'un bar, à siroter un verre où vous tentez d'imaginer un avenir meilleur dans les reflets frappant les glaçons qui s'amalgament. C'est ce que je fais aujourd'hui, assis près de la fenêtre où virevoltent quelques flocons perdus, je regarde les glaçons qui s'agrippent les uns aux autres au fond de mon verre, comme si cette fusion pouvait retarder leur dissolution, mais je ne suis pas assez stupide pour me perdre dans la pensée d'un avenir sur lequel le froid n'aurait plus prise. Je m'abîme plutôt dans le rêve d'un passé meilleur, où Anna Dickson aurait eu la chance de devenir une femme, comme sa toute petite sœur, Maria, que j'ai violée sous la pluie de novembre, vingt-cinq ans après Anna, dans l'espoir d'assurer ma survie, peut-être ma résurrection d'entre les morts.

Je ne sais pas pourquoi Maria a accepté de suivre cet homme à ce point perturbé qu'il l'appelait Anna, mais je suppose qu'elle avait envie d'entendre parler à travers lui de cette sœur qu'elle n'avait pas connue, de cette morte qui lui avait gâché sa vie et l'avait condamnée à devenir une autre Anna, même pour les revenants. Elle croyait peut-être, la petite Maria, que le retour inespéré de cet ami disparu permettrait enfin au nom d'Anna, qu'elle n'avait toujours connu que chuchoté, d'être enfin prononcé à voix haute. Au lieu de cela, tout ce que j'aurai réussi à lui faire comprendre, c'est que le nom d'Anna, tout comme le mien, ne pouvait qu'être tu ou hurlé.

J'ignore aussi ce qu'elle a retenu de mon souvenir d'Anna, si quelque image intacte de sa sœur lui a été restituée à mon contact, mais j'aurai probablement été le premier à lui parler réellement d'elle, à lui donner un aperçu de la violence de sa mort, de l'aliénation des désirs qui cherchent la douleur. Peut-être a-t-elle également compris, dans l'odeur imprévue du sexe, qu'elle se trouvait ce jour-là dans les bras de l'un des meurtriers d'Anna. Je ne le saurai jamais, car Maria Dickson a dû quitter le village peu de temps après mes baisers, emportant avec elle, dans son ventre de petite fille, les cris étranglés de sa sœur Anna.

~

~

Les hommes qui avaient repêché le corps d'Anna Dickson le matin du 19 octobre, enveloppé de cette lumière, avaient-ils dit, qui nimbe le corps de la première épouse, avaient aussi parlé du cri déchirant du coyote qui avait fendu l'air pur lorsqu'ils avaient sorti celle-ci de l'eau, avec toutes les précautions et le respect dus à la beauté et à la mort.

Le soir même, un coyote solitaire était apparu rôdant autour du village, qui rôda ainsi pendant vingt-cinq ans, c'est-à-dire beaucoup plus longtemps que ne l'admet la durée de vie de cette espèce. Quelques fermiers, désireux de protéger leurs animaux, tentèrent d'abord de le piéger. Plusieurs prétendirent même l'avoir capturé, mais il revenait chaque soir, plus fidèle que la lune, hurler qu'Anna Dickson avait peur de la nuit. Au bout d'environ un an, on cessa de le chasser, prétextant qu'il était insaisissable. En réalité, certains craignaient cet animal autant que le diable, d'autres autant que Dieu, selon l'état de leur foi ou la somme de leurs péchés, mais quelle que fût la puissance à laquelle on l'associa, il devint clair, sauf aux yeux de quelques sceptiques, que ce coyote avait un lien avec la mort d'Anna Dickson. Des croyances plus anciennes que Trempes refirent alors surface, on parla de loup-garou, on évoqua le spectre de Paul Faber, d'Anna Dickson, mais on laissa l'animal en paix, qui rôda jusqu'au retour de Charles Wilson, puis retourna sur la colline et dans les bois.

De mon côté, je faisais partie des sceptiques et n'avais jamais su que penser de cette histoire, jusqu'au jour où, à la suite de Wilson, je me rendis dans la clairière et découvris un coyote pendu au chêne. S'agissait-il de l'animal hurlant la peur d'Anna ou de l'un de ses descendants, je ne saurais le dire, mais à la vue de ce corps maigre et mutilé, un gouffre s'ouvrit devant moi et je me mis à chuter, à croire aux revenants et à me demander jusqu'où le désespoir de Charles Wilson allait le pousser. Je ne savais pas encore, à ce moment, que ce coyote avait pris le visage de Paul Faber ni qu'il représentait en quelque sorte la conscience tourmentée de l'homme à la longue vie duquel je levais tous les soirs mon verre.

~

~

Le vent siffle au dehors, le feu s'éteint dans l'âtre, et je dis à Irving que le moment sera bientôt venu pour lui de s'envoler avec Harvey et Hervé, que le temps des migrations arrive, des cieux s'ouvrant infiniment vers l'inconnu, et Irving ne proteste pas, bien qu'il sache que les buses et les nyctales, les sarcelles, ne migrent pas ensemble, ni vers les mêmes terres, ni vers les mêmes amours. Il croit d'ailleurs qu'il n'aurait pas la force, Irving, que trop de ses plumes se sont échouées sur le sol, devant la lumière de l'âtre, où elles forment avec celles de Harvey et Hervé un tapis aussi duveteux que le sol de la clairière où apparaissent les spectres d'autrefois et où je danse parfois, pieds nus, torse nu, sexe nu, en chantant l'air d'Anna (« *nous n'irons plus au bois...* », *c'est cela, l'air d'Anna, l'éternel chant d'Anna qui me répond « aide-moi, Charlie, aide-moi », sans arrêt, Anna, sans jamais reprendre son souffle*), devant les yeux inquiets d'Hervé qui n'aime pas que ma folie chante. Il préfère la lourdeur de mon silence à la légèreté de la voix d'Anna se glissant sournoisement sous la mienne pour me rappeler (*sans arrêt, Anna*) que maintenant que nous nous sommes retrouvés, elle ne me laissera pas, qu'elle me rejoindra bientôt et que Faber, elle et moi formerons enfin le trio que nous aurions dû former dans la clairière, trois morts, comme ces oiseaux veillant sur le manteau de la cheminée. Je n'aime pas non plus quand la voix d'Anna s'empare de la mienne, résonne dans le chalet qui craque, mais cela ne se produira plus souvent, je rassure Hervé sur ce point, puisque le temps des migrations arrive, des adieux, des mains glissant une dernière fois sur le plumage. « Ce jour-là, quand retentira le cri des sarcelles et des nyctales, dis-je à Irving, la voix d'Anna m'aura quitté. » Alors j'irai les porter tous trois sur le quai et les regarderai s'envoler en pensant aux canards de bois traversant les cieux légers de l'été.

Je prouverai à Irving qu'il avait tort, voilà ce que je lui dis encore, que les sarcelles de son espèce échappent aux règles, qu'il n'a qu'à aller ouvrir l'un des livres moisis entassés dans la chambre d'enfant pour voir que les lions fraient parfois avec les renards, que les chiens parlent, que les souris jouent du banjo, que certains hommes peuvent mourir et continuer à respirer, à marcher et à rire tout en prenant la voix des mortes, puis je chante la chanson d'Anna devant les yeux de chat d'Hervé qui se souvient de l'obscurité des forêts, y a peut-être entendu tant de femmes éplorées qu'il en a perdu le sommeil, comme moi, qui ne sais jamais si l'une des quatre Anna viendra m'étouffer avec sa chevelure en régurgitant sur mon cauchemar l'eau du lac ou de la rivière.

Pourtant, pourtant, ils avaient lu les livres moisis de la chambre d'enfant, Harvey, Hervé et Irving, en ces longues nuits où je m'absentais, dans le cauchemar, l'oubli, sur les routes boueuses de Trempes. À la lueur du feu mourant, ils s'étaient relayés pour se faire la lecture, Hervé la nyctale se réservant les heures les plus noires, et ils savaient mieux que moi, hélas, ce qui arrive aux morts qui continuent à respirer.

C'est pour cela qu'ils doivent se faire à l'idée de partir, parce que les lieux ne sont plus sûrs, parce qu'Anna s'en vient et que nous serons désormais trop nombreux à nous disputer le passé. Ils n'auront qu'à aller vers le sud, pourquoi pas vers la Jamaïque, à la recherche des ancêtres de Harvey, du premier *Buteo jamaicensis* à avoir survolé ces terres, ou vers le triangle des Bermudes, dont l'énigme pourrait enfin être résolue par l'intrépide Irving la sarcelle et ses deux fidèles compagnons. L'idée ne leur chante guère, pas plus que ne me sourit la perspective de fermer ce chalet sans espoir de retour, d'autant plus que l'été pourrait le rendre un peu plus gai, mais je sais, comme Irving à qui je mens honteusement, qu'il me reste à peine la force d'exister, que les images des livres d'enfant se sont effacées bien avant que n'apparaisse la moisissure sur la blancheur du papier, et que la seule vérité que je possède encore est la certitude que la voix d'Anna m'appelle à elle.

~

Les femmes saignent, perdent leur sang par la faute des hommes, c'est ce que j'avais lu, et c'est ce que j'ai constaté dans la clairière, quand j'ai remis à Anna sa petite sandale bleue. J'ai vu qu'il y avait une coulée de sang sur sa cuisse droite, à ma gauche. Dans mon état de confusion, je me suis d'abord imaginé une blessure, infligée par la rugosité de l'arbre contre lequel Anna s'était débattue, puis j'ai entendu une voix, celle de Faber, ou la mienne, qui répétait cette vérité troublante : les femmes saignent… *C'était donc de cette façon que venait le sang des femmes, chaque fois qu'un homme pénétrait en elles. Il suivait le retrait des hommes et coulait lentement sur la chair blanche. Pendant longtemps, après, j'ai redouté que les femmes saignent à mon contact, sans savoir d'où me venait cette crainte de la féminité. Je n'avais pourtant aucune raison d'être effrayé, puisque, après avoir été l'ombre de Faber, je n'étais plus que l'ombre de moi-même, et qu'une ombre n'appelle pas le sang.* Alors j'ai regardé Faber, ses dents alignées au fond de la grotte où grouillait sa langue, ses mains qui prenaient sa tête pour l'empêcher de dire non, son corps qui s'effondrait, puis sa bave qui s'écoulait en un long filament suspendu au-dessus de ses genoux, et j'ai pensé que mon sexe avait aspiré le sang d'Anna, qu'il devait luire, sous le pantalon que j'avais remis à la hâte, du sang rouge d'Anna. J'ai d'ailleurs cru, un instant, que cette saignée était responsable de la lividité d'Anna, puis de la douleur de Faber, de son nouveau visage, que la bouche tordue d'Anna rendait méconnaissable. Faber était mon seul ami, le seul être auquel je tenais sur cette terre, et Anna, en se brisant, venait aussi de le briser. *C'est vraiment ainsi, je crois, que Faber m'apparut, comme un objet brisé dont je n'arriverais pas à recoller les morceaux, dont le lamentable état ne laissait aucun espoir quant aux possibilités que l'objet puisse retrouver sa forme originale. Faber était cassé, irrémédiablement cassé, et personne, pas même moi, son meilleur ami, ne pourrait refermer sa bouche, empêcher ses membres de s'agiter et faire taire cette lamentation qui s'échappait du centre de son corps, là où la mécanique s'était déréglée.* Quand j'entendis plus tard Faber délirer à propos de Dieu et détacher Anna pour se pendre avec sa corde, je voulus, je crois, empêcher le sang d'Anna de faire d'autres dommages, car c'était bien le sang d'Anna qui sourdait du front de Faber, le sang de la jeune fille qu'avec Dieu nous avions sacrifiée. Or je ne réussis qu'à briser Faber davantage en faisant couler le sang d'Anna sur sa tempe gauche, où se formerait sous les cheveux une blessure aux lèvres béantes.

∼

Ce qui s'est passé dans la clairière en ce 17 octobre, jamais personne ne le saura. Seuls les morts le savent, et peut-être Dieu, pour autant que Dieu soit réellement au fait de tous les agissements du diable. *C'est une question qui me préoccupait beaucoup, autrefois, ces relations indéterminables entre Dieu et le diable. Comment se pouvait-il que Dieu, dans sa puissance et son omniscience, laisse libre cours aux œuvres du diable? Deux ou trois réponses s'offraient à moi, mais aucune de ces réponses ne plaidait en faveur de Dieu, puisque cette liberté du diable ne pouvait signifier que l'indifférence, l'ignorance ou la faiblesse de Dieu, auquel cas Dieu n'était pas ce que nous voulions qu'il soit. Or depuis que me sont revenus les derniers cris de Faber, il m'arrive de croire que celui-ci avait peut-être raison, et que les relations de Dieu avec le diable ne sont en rien différentes de celles d'un homme avec son remords.* « Seuls Paul et Anna le savent », dis-je aux oiseaux réunis en demi-cercle devant moi, les pattes bien au chaud dans leur tapis de plumes. Puis je leur parle encore des étés de jadis, ils ne s'en lassent pas, vont jusqu'à en redemander. « Une histoire d'été, crient-ils en chœur, une histoire de juillet, Charlie, une histoire d'avant la chanson d'Anna. » Alors Charlie arque le corps, se concentre en lui-même et retourne aux étés de Trempes. Il convoque juillet et le ciel se dégage au-dessus des pentes trop brèves, des sentiers poussiéreux où les bicyclettes s'élancent, où elles font claquer leurs fanions dans le vent chaud, « comme résonnent au fond des forêts, leur dis-je, les ailes apeurées des perdrix surprises à l'ombre des sapins », et mon auditoire applaudit, car ils sont fous de ces passages, Harvey, Hervé, Irving, où j'introduis des oiseaux dans l'histoire, élément sans lequel il n'y aurait plus de vraisemblance. Puis après les perdrix arrive Anna, cheveux blonds sur sa bicyclette, cuisses dorées sous sa jupe imprimée qui bat au même rythme que les fanions. « Comme de grandes ailes de goéland », ajoute Irving qui s'excite en rêvant d'étendues d'eau sans fin, et je dis « oui, sa jupe au-dessus de la mer ».

Pendant des heures, ainsi, nous faisons s'envoler Anna entre le bleu du ciel et celui de la mer, la faisons s'échouer sur le lac, avec les sœurs Anna qu'elle rejoindra bientôt, en dehors de l'histoire, quelques jours avant la dernière migra-

tion. Pendant des heures nous la faisons rire et marcher,
dégourdir ses jambes enveloppées de satin blanc, car le satin
pourrait créer des plaies sur la peau immobile. *Elle était là,*
Anna, dans l'église de Trempes, qui s'avançait dans son linceul
de satin blanc, et moi, je ne reconnaissais pas cette fille qui
arrachait des cris aux autres filles, de longs pleurs hystériques se
répercutant dans la nef. Puis quand vient la nuit je me lasse.
Ma voix s'empâte et je me tais. À travers les crépitements du
feu, un murmure, quelquefois, traverse le chalet. Le murmure de la voix d'Anna qui cherche à sortir de l'histoire.

∼

~

Personne n'ignorait au village que Faber et Wilson, depuis leur plus jeune âge, étaient inséparables. On savait également que c'était Faber, la tête de ce duo, celui qui décidait et commandait, mais aussi celui qui essuyait les coups lorsque l'un ou l'autre faisait une bêtise. Quant à Wilson, c'était un garçon timide, ténébreux, qui n'avait pas l'audace de Faber et le suivait partout comme un chien, lui vouait l'amour d'un chien, inconditionnel, la fidélité d'un chien. Aussi fut-on surpris, quand on put réfléchir plus froidement à la situation, que ce soit Faber, celui des deux qui était le plus apte à la survie, qui ait disparu. Pour certains, toutefois, cela allait de soi. Faber, devant le péril, avait encore une fois choisi de protéger Wilson. Mais de quoi exactement avait-il pu vouloir le protéger? se demandait-on en voyant Wilson raser les murs, le regard rivé sur le bout de ses chaussures, comme s'il redoutait ce qu'il pouvait apercevoir s'il augmentait l'amplitude de son champ de vision. On ignorait que ce n'est pas ce qui pouvait pénétrer son regard que Wilson craignait, mais ce qui s'y trouvait, la puissance de ce qui s'y trouvait, dont il voulait épargner le monde.

Quoi qu'il en soit, on cherchait en vain ce qui avait semblé à Faber plus redoutable que cette existence somnambulique à laquelle Wilson était condamné. On allait jusqu'à se dire qu'il aurait mieux valu que ce gamin, coupable ou non de crimes dont on ne pouvait s'empêcher de le soupçonner, ait subi le même sort qu'Anna Dickson. Les choses auraient été plus simples, croyait-on, si ce drame n'avait pas laissé un survivant dont la déroute accentuait l'ignorance à laquelle tous étaient confinés.

On envisageait donc la mort de Wilson, ni plus ni moins, comme la seule façon de faire se lever le brouillard qui enveloppait Trempes. Or Trempes était un village de marais et de rivières, on ne devait pas l'oublier, qui ne pouvait aspirer à la clarté des pays de lumière, à la franchise des ombres s'y découpant.

~

~

Il me fallait courir, courir, aller m'asperger de l'eau de la rivière pour me laver du sang d'Anna qui luisait sur mon sexe. J'espérais aussi, dans ma course effrénée, que la rivière consentirait à me redonner mon visage avant qu'il se disloque comme celui de Faber, car j'avais cette crainte affolante, maintenant que Faber était allé trop loin pour que je prétende encore marcher dans son ombre, d'errer avec ce trou béant à la place du regard. Je devais donc tenter de réfléchir, d'inventer une solution à la mort, une façon de rafistoler Faber pour qu'il cesse de se vider du sang d'Anna et se tienne debout.

Quand je revins dans la clairière, lavé mais non rassuré quant à mon identité, un oiseau chantait, Anna était étendue sur le sol, sa petite robe bleue délicatement posée sur elle, et l'ombre de Faber se tassait au pied du chêne, m'indiquant que le soleil venait de franchir son zénith. Tout était calme autour de moi, on aurait dit qu'Anna dormait, on aurait dit que Paul dormait, mais Faber ne pouvait dormir, ainsi suspendu dans un arbre, on ne dort pas de cette façon… Paul Faber ne pouvait dormir, puisqu'il était mort avant le zénith, une déchirure sur sa tempe gauche, et je ne comprenais pas ce qu'il faisait là, à se balancer dans l'arbre d'Anna, ni pourquoi ses vêtements avaient été éparpillés autour de lui. Alors je m'approchai lentement, si lentement que l'oiseau, un merle, en fut à peine dérangé, et je lui demandai ce qu'il faisait là. Je le lui demandai avec mes yeux, car les seules paroles qui acceptaient de sortir de ma bouche ressemblaient aux glapissements d'Anna, dont Paul n'avait pas saisi le sens au moment il lui aurait fallu le faire. Mais Paul non plus ne pouvait pas parler, parce que Paul était mort, une deuxième fois en cette journée ensoleillée, parce que Dieu l'avait ressuscité pour lui permettre de mourir en position debout, comme il le souhaitait, afin de pouvoir s'élever plus rapidement vers les cieux. Paul était devenu muet, mais il avait tout prévu, il avait anticipé le désarroi dans lequel je me trouverais, privé de sa présence, et son visage, qui pointait dans la même direction que l'épi de sa chevelure rebelle, m'indiquait la direction à suivre : je n'avais qu'à étendre son corps près de celui d'Anna pour grimper à mon tour dans l'arbre, et tout serait fini.

Je m'apprêtais à m'exécuter *(dans les deux sens du terme, oui, dans tous les sens possibles)*, quand je vis ce qui m'empêcha de les suivre, Anna et lui. J'aperçus le sexe bandé de Paul, gigantesque, qui prenait soudain tout l'espace de la clairière, masquait les arbres, le corps d'Anna, les petites fleurs ondoyant au vent. J'avais déjà vu le sexe de Paul, mais ce sexe me paraissait tout à coup incompréhensible, contre nature, invalidant tout ce que je savais de la chair et de la mort. Comment un mort pouvait-il désirer ? J'étais fasciné, révulsé, anéanti par cette révélation qui me semblait ni plus ni moins la preuve de l'existence de l'âme, que Faber avait tant cherchée dans le regard des vivants et qui résidait là, dans cette région honteuse où elle pouvait résister à l'attraction terrestre, puis être enfin libérée dans la giclée blanche qui annoncerait le dernier soubresaut du corps. *L'âme n'était donc pas cette chose vaporeuse exhalée après la parole, mais un condensé liquide et chaud où se résumaient les pulsions premières et dernières de l'homme.* Faber m'avait raconté des histoires scabreuses où des hommes se couchaient sur des femmes au regard fixe, des hommes qui aimaient le froid et le silence, chuchotait-il. Mais je ne croyais pas que l'inverse était aussi possible, qu'un mort pouvait offrir sa froideur, ou que le désir, animé par l'instinct de survie de l'âme, demeurait après l'arrêt de toute autre fonction.

Cela semblait pourtant indubitable. Du haut de son arbre, Faber désirait encore, mais il désirait une femme immobile, Anna, étendue sur l'herbe verte, à laquelle il voulait peut-être inoculer son âme pour qu'elle s'éveille en croyant avoir dormi, l'esprit embrouillé de rêves où il aurait été question de Dieu et où elle aurait ressenti la jouissance d'un corps qui n'était pas le sien, une jouissance telle que la semence de ce corps aurait jailli du rêve sur sa cuisse. Au-delà de la mort, Faber aimait toujours Anna, au point de lui sacrifier son âme, et je ne percevais que cela, le sexe de Paul, l'amour de Paul, qui m'empêchait de voir la mort, les excréments au pied de l'arbre, les vêtements épars de mes amis. Puis j'avais entendu les mouches, qui tournoyaient autour des excréments, s'y posaient et faisaient aussitôt un bond en arrière, comme si elles s'étaient brûlé les pattes, pour tout de suite revenir se brûler, totalement inconscientes des actes profanateurs auxquels elles se livraient, et le sexe de Paul s'était enfin éclipsé derrière la naïveté des mouches, derrière la petite sandale bleue d'Anna, dont la couleur tranchait sur l'herbe verte. Alors j'étais tombé, je m'étais retrouvé à genoux, privé du support de mes jambes, devant les pieds immenses de Faber, où quelques aiguilles de sapin, apportées dans la clairière par les animaux et le vent, la pluie, les hommes, avaient adhéré, puis un grognement de bête sauvage avait fait taire l'oiseau et j'avais su que je ne suivrais pas le chemin indiqué par Faber, parce que la distance nous séparant dépassait largement la possibilité d'extension d'une ombre. Tout était néanmoins fini. J'étais seul dans la clairière et ma vie serait cela, le prolongement de cet instant où j'apprenais le sens de la solitude dans le brusque arrêt du chant d'un oiseau.

~

Je n'avais rien trouvé de mieux, devant le trouble où me jetait le sexe bandé de Paul, que d'en faire la voie d'expulsion de l'âme, alors que c'est peut-être par là que l'âme s'éteint et meurt, petit à petit, à mesure que l'homme y cherche un exutoire à son désir d'absolu. L'âme peut mourir ainsi, je crois, d'être sans cesse repoussée vers les régions inférieures du corps, où la lumière et l'air se raréfient. Oui, c'est l'une des façons probables de la faire taire. J'en déduis que les pulsions de l'homme peuvent tuer l'âme, que l'instinct du divin en lui est peut-être un instinct de mort. J'en déduis que l'âme peut vouloir mourir d'elle-même, anticiper cet anéantissement de l'être et décider de quitter le corps, mais qu'elle doit pour cela agir avant l'enfer. Après, il est trop tard, l'éternité n'admet pas la fuite.

~

~

Avant son départ de Trempes, on ne revit guère le jeune Wilson dans le village, pas même à l'école, où son siège vide fut rapidement repoussé au fond de la classe, avec ceux d'Anna Dickson et de Paul Faber, puis en dehors de la classe, dans une remise où ils cesseraient de perturber les élèves, mais ceux-ci continuèrent à sentir derrière eux la présence des trois absents, dont le souffle venait parfois refroidir leur nuque, dont la voix, les jours de pluie ou de grand vent, se glissait dans l'oreille de l'un ou de l'autre pour lui révéler des secrets qu'il refusait de partager, mais qui le suivaient dans son sommeil.

Certains prétendirent toutefois que Charles sortait la nuit, qu'il allait s'asseoir sur la tombe d'Anna ou prenait la direction de la rivière. Toutes sortes d'histoires se mirent à circuler sur son compte, de telle manière que ce garçon bien vivant devint à son tour un revenant, que ce ne sont pas les morts qui se mirent à hanter Trempes, mais Charles Wilson, qui avait eu le tort de survivre à ses amis. Quand les gens de Trempes apprirent, un morne matin d'après tempête, que la maison des Wilson était vide, la plupart se réjouirent secrètement, mais un peu trop vite, car ils négligèrent le fait que, personne ne les ayant vus partir, ceux-ci pouvaient encore se trouver à Trempes, comme s'y trouvait peut-être Paul Faber.

Aux appréhensions à peine atténuées par le départ des Wilson, s'ajouta alors la hantise de voir réapparaître Charles. Puis certaines rumeurs se mirent à courir, sans que l'on sût jamais si les pêcheurs de la rivière aux Ormes, les chasseurs et les braconniers qui se moquaient pourtant des histoires de pleine lune et de forêts maudites, avaient bel et bien vu Charles Wilson lorsqu'ils revenaient au village avec un nouvel effroi dans le regard, ou si leurs visions n'étaient dues qu'aux brouillards de Trempes, qu'à la peur que, derrière les profondes volutes où s'ancraient ces brouillards, se dessine le visage effarouché de Charles Wilson.

∼

~

«Verrons-nous les lilas», dis-je parfois aux trois sœurs, «verrons-nous les nuits embaumées d'odeurs de mai», en prenant soin que les oiseaux ne m'entendent pas, qu'ils ne sachent pas à quel point la vie s'amenuise autour de nous. Chaque matin est un arrachement, une pénible victoire de la lumière, qui n'arrive pas toujours à percer ce halo qui m'environne. J'avoue qu'il m'arrive aussi de rester à l'abri du soleil, en dehors du pouvoir de la lumière. Aujourd'hui, cependant, le matin m'a rejoint, et j'ai profité de ce qu'avril empruntait les couleurs de mai pour retourner à la clairière et m'assurer que tout y était comme auparavant. J'ai refait le trajet effectué des dizaines de fois dans l'enfance, puis un peu plus récemment, durant cette période de mon existence qui ne m'apparaît plus que comme un rêve, à l'image de ma vie entière, d'ailleurs. *C'est de vivre hors du rêve, bizarrement, qui crée en moi un sentiment d'étrangeté. C'est d'avoir à mesurer la vérité des choses en fonction de mon interminable fréquentation du rêve. Je n'ai pas l'habitude de cette clarté.* J'ai pris le chemin de la rivière, puis j'ai stationné la voiture près du pont, d'où j'ai immédiatement aperçu Cerbère, qui continuait de veiller sur la tranquille hostilité des lieux.

Rien n'avait changé. Cerbère était encore là, la rivière était toujours d'une égale lenteur, malgré le dégel printanier, et j'ai soudainement pris conscience du fait que cette rivière n'avait pas un bruit de rivière. J'ai constaté en même temps ce qui est pourtant une évidence, à savoir que tout bruit est affaire de mouvement, puis j'ai vainement tenté d'imaginer un bruit qui n'aurait pas été le résultat d'un déplacement, si minime soit-il, d'air ou de matière. La clé du silence se trouvait donc là, dans l'interruption de tout mouvement, et le silence n'existait pas, même au creux de mon corps, puisque mon sang battait, que mes ongles poussaient. J'ai constaté que l'essoufflement de cette rivière la rendait à ce point silencieuse qu'on aurait pu la croire morte, comme les arbres qui s'y baignaient et qui ne faisaient pas, non plus, le bruit que font les arbres. Cette rivière et ces arbres, en dépit de leur silence, n'en étaient pas moins rivière et arbres. Seul le mouvement des rivières et des arbres leur manquait. C'était cela, la réalité, une dimension où la conformité de l'objet au modèle idéal n'existait pas, une forme de chaos, où l'imperfection luttait pour sa survie. Quant à moi je n'étais qu'un homme, qui faisait encore des bruits d'homme, aucunement atténués par la fatigue, qui pleurait comme le font les hommes et dont les pas crissaient sur le gravier, dont la voix d'homme appelait Humphrey, sans pouvoir déterminer, dans son humain désarroi, si ce coyote appartenait ou non au rêve.

Je ne suis pas parvenu à résoudre le cas d'Humphrey. Il demeure pour moi une énigme, englobée dans le mystère de Dieu, mais j'en suis à me dire qu'il n'était peut-être qu'un fantôme, une émanation spectrale, qui devait donner à sa douleur une image apte à la fuite.

J'ai dû rester ainsi près d'une heure, appuyé sur le parapet du pont, à attendre inutilement la venue d'Humphrey en m'interrogeant sur le sens du vrai et de l'apparence, puis je me suis enfin décidé à emprunter le sentier où subsistaient ici et là des flaques de neige qui ne disparaîtraient pas avant les pluies de mai, et où je m'enfonçais parfois jusqu'aux chevilles, creusant de profondes empreintes que je brouillerais au retour, mais qui resteraient imprimées dans le sol gorgé d'eau.

Quand je suis enfin arrivé à la clairière, essoufflé d'avoir lutté contre la force du sol en éveil, j'ai vu ce que je m'attendais d'y voir, ce qu'il m'aurait été impossible de ne pas y voir, le corps de Paul Faber, qui se balançait depuis vingt-cinq ans aux branches immobiles d'un arbre solitaire, entouré du piaillement de quelques corneilles. C'était aussi cela, la réalité, la persistance des images bien longtemps après leur effacement, le refus des morts, hommes, rivières ou arbres, de laisser tout l'espace du monde aux vivants. Il n'avait pas changé non plus, il était tel que je l'avais trouvé le jour de la mort d'Anna, avec son sexe bandé, ses cheveux hirsutes, ses pieds immenses, et, sur sa tempe gauche, coulait ce mince filet de sang qui avait fini par imbiber la clairière entière. Alors je me suis approché de lui et j'ai laissé le sang d'Anna mouiller mon front, mes tempes, pénétrer mon crâne en s'infiltrant dans la blessure ouverte par des ongles de femme, et je suis reparti, des cris plein la tête, des cris d'enfants, de vierges, d'animaux inconnus, sans me retourner pour voir si les mouches grouillaient, dans le sous-bois, autour de la carcasse d'un coyote infirme, ni pour voir Paul danser derrière moi sur l'herbe trempée de la clairière.

À mon retour au chalet, Harvey, Hervé et Irving ont tout de suite senti l'odeur de la mort qui s'était collée à moi. Ils n'ont cependant fait aucun commentaire à ce sujet. Ils m'ont simplement demandé de leur donner mes vêtements, qui brûlent maintenant dans l'âtre, répandant dans la pièce une odeur de laine rôtie qui me lève le cœur. Je suis donc nu, totalement nu, je tremble devant la chaleur du feu, et j'attends avec les oiseaux le temps des migrations.

~

Les oiseaux ne m'écoutent pas. J'essaie de leur raconter l'histoire du prêtre de Trempes pendu dans la clairière, mais ils ne veulent rien entendre à propos de cet homme qu'ils tiennent pour responsable de la mort d'Anna, puis de ma déchéance, de ma honteuse nudité. Alors je m'adresse à Anna, qui est maintenant suffisamment proche pour entendre ma voix, malgré les sifflements d'Irving qui voudrait des histoires d'été et tente effrontément de couvrir mes paroles. Elle dit qu'elle se souvient, Anna, de ce surnom que nous avions donné à Paul, persuadés qu'il monterait un jour dans la chaire de notre petite église pour entretenir les fidèles des notions si mal comprises du bien et du mal. *Mais aurait-il survécu à Anna que Paul n'aurait probablement jamais clamé du haut de cette chaire que le véritable péché consistait en la privation, car Paul Faber n'avait pas la foi, il n'aimait que l'idée de la foi, car Paul Faber ne croyait pas en Dieu, mais voulait qu'il existe.* Je lui raconte, entre deux faibles sourires, comment j'en suis arrivé à penser que Paul était bel et bien devenu prêtre de Trempes. «C'était au temps de l'oubli, lui dis-je, qui avait au moins cette paradoxale vertu de maintenir le passé vivant et de garder les morts en deçà de la frontière des morts.»

«Maintenant que l'oubli a disparu, suis-je forcé de lui avouer, le temps s'étale et les images d'autrefois, tout aussi paradoxalement, vont commencer à s'estomper.» Sa blondeur va se dégrader comme le bleu de sa robe, de sa petite sandale, le front blessé du prêtre de Trempes va se dégarnir et se cicatriser, et la blondeur, l'épi rebelle, la peau dorée, n'existeront plus que dans ces histoires que je m'entête parfois à raconter à des oiseaux distraits. «Voilà pourquoi le temps presse», dis-je encore à Anna, parce qu'il me faut recueillir ces images avant qu'elle et Paul se putréfient et que je ne voie plus que cela, l'œuvre d'un temps qui se sera écoulé sans moi.

~

C'est étrange, je n'ai vu, vraiment vu la nudité d'Anna et de Paul qu'en entendant le bourdonnement des mouches. *Au moment de ma solitude, le chant de l'oiseau s'était tu, mais les mouches avaient continué de bourdonner, puis elles s'étaient mises à piailler, mais pas comme le font les oiseaux heureux, comme le font plutôt les rapaces se querellant un bout de chair.* C'est là que j'ai décidé de les enterrer, parce que personne d'autre que moi ne devait voir cette absolue nudité, parce qu'il fallait à tout prix cacher le sexe de Paul, dont personne ne comprendrait qu'il était le réceptacle de son âme. J'étais prêt à tous les aveux, mais personne ne devait soupçonner que, sous nos vêtements, se cachait un corps. Bien entendu, j'aurais pu rhabiller Paul, remettre à Anna sa petite robe bleue, mais aucun des témoins de cette mascarade ne serait dupe, tous devineraient à leur posture que ces corps avaient été nus, et je ne pouvais supporter l'idée d'offrir notre désir à la connaissance des autres. Alors je n'avais pas le choix, il me fallait faire disparaître ces corps qui parlaient trop.

Je ne sais pas comment je m'y suis pris pour enterrer Paul, je n'en ai aucune idée. J'ai dû creuser le sol avec mes mains, avec des branches, avec un vieux bout de planche abandonné là, il n'y a pas d'autre possibilité. Je suis toutefois incapable de retrouver ne serait-ce qu'un fragment de ces images, car entre la nudité de Paul et son ensevelissement, le temps s'est obscurci, et n'a repris son cours visible qu'au moment où la nuit tombait et où il m'aurait fallu un peu plus de clarté pour que la lenteur de mes gestes s'accorde à la soudaine rapidité des ténèbres. Je me souviens seulement du trou, des racines frêles, filandreuses, qui émergeaient ici et là des parois de terre noire, si noire, puis du corps de Paul dans le trou, des vêtements qui recouvraient ce corps sans que je sache qui les y avait jetés. Je me souviens qu'il n'y avait pas assez de place dans ce trou pour Paul, Anna et leurs vêtements, qu'il y avait de moins en moins de lumière dans le sous-bois, que j'avais peur, que j'avais froid. Puis je me vois à quatre pattes, en train de repousser la terre dans le trou, en grognant comme une bête, de la vomissure séchée au coin des lèvres.

C'est après, quand je suis revenu dans la clairière chercher Anna, que j'ai eu l'idée de la rivière. Je n'aurais pas à creuser la rivière ni à remettre de l'eau par-dessus le corps. La rivière se chargerait seule de cette sépulture, laverait Anna du sang séché sur sa cuisse droite et éloignerait sa nudité de Trempes. Là encore, quelques morceaux de temps m'échappent, qui ne me semblent pas disposés le long d'une ligne horizontale, mais dispersés dans l'espace, pareils à des pierres cassées à coups de pierre. Anna est d'abord dans mes bras, et je la porte comme une femme, comme on voit les hommes porter les femmes dans certains tableaux, choses légères et blanches dont la chevelure chute à angle droit vers le sol. *C'est dans un livre acheté au cours de l'un de ces multiples voyages au retour desquels ma maison ne m'attendait pas que j'ai plus tard revu Anna, ou ce qu'il me faudrait peut-être appeler « l'enlèvement d'Anna », son sexe recouvert d'un linceul rouge tombant parallèlement à sa chevelure, et que j'ai eu envie de toucher cette chair blanche, si blanche auprès du linceul ensanglanté.* Puis nous sommes dans le sentier, où les aulnes fouettent sa peau, s'accrochent à sa chevelure, dont une longue mèche refuse de nous suivre, une chose légère et douce que je détache délicatement de l'aulne, dans la position de la génuflexion, la tête d'Anna sur ma cuisse gauche, malgré l'urgence de fuir. Nous longeons ensuite la rivière, aussi longtemps que mes forces me le permettent, que la lumière du jour finissant consent à m'indiquer les obstacles devant nous, pierres, racines, troncs d'arbres, puis soudain Anna n'est plus dans mes bras, Anna est dans la rivière, chose blanche et légère que je distingue à peine, avec une sandale bleue à son pied gauche, qui émerge un instant, où quelques perles luisent dans la semi-obscurité, pareilles aux larmes échappées des yeux bleus d'Anna la bleue.

Quand je l'avais prise dans mes bras, Anna avait une odeur de chien qui a couru sous la pluie, qui devait être encore plus forte si l'on enfouissait son nez dans sa chevelure ou si l'on s'approchait de la toison entourant son sexe. C'était une odeur qui évoquait la joie, nos courses effrénées, et j'eus le fol espoir qu'Anna ne soit pas morte, qu'elle ait seulement eu peur de la mort et ait fermé les yeux en attendant qu'un autre jour se lève, où nous pourrions de nouveau courir sous la pluie.

Après je me suis déshabillé et me suis lavé dans l'eau froide, où la terre du sous-bois devait former des petits nuages gris, vaporeux, autour de mes mains tremblantes. Puis l'un des bras d'Anna, plus froid que l'eau, que la neige, que le sol glacé de ma chambre les matins d'hiver, s'est violemment plaqué contre ma jambe, me faisant bondir de la rivière en hoquetant des choses étranges, incapables de se transformer en mots. Quelques secondes plus tard, un coyote hurlait et la pluie se mettait à tomber, qui finirait de me laver, enfouirait les excréments où piaillaient les mouches.

Ce n'est que le lendemain que je suis retourné chercher l'escabeau et la corde, échappant de justesse à la vigilance de mes parents, aux appels désespérés de la mère de Paul, qui n'était pas rentré dormir, de la mère d'Anna, partie seulement avec sa petite robe bleue, mais une fois dans la clairière, je ne savais déjà plus ce que je faisais là, pourquoi cet endroit m'apparaissait si lugubre ni pourquoi la plus basse branche du chêne s'inclinait curieusement vers moi. Ce sont les démons qui me l'ont rappelé, leurs sourires édentés, leurs membres minuscules pointant vulgairement au centre de leurs corps torves. Je venais cacher la nudité de mes amis, qui m'avaient laissé seul dans cette clairière où les oiseaux avaient cessé de chanter. Je venais chercher cette corde et cet escabeau qu'il me faudrait dissimuler en attendant de pouvoir les remiser là où ils devaient l'être, parmi les souvenirs de l'enfance.

~

Mais elle avait eu tellement peur, Anna, qu'elle n'avait pas su dériver, que le jour avait arrêté de se lever. Puis les chiens courant sous la pluie étaient devenus tristes à périr.

~

~

Le jeune Faber, disait-on, se destinait à la prêtrise. À l'école, ses professeurs avaient remarqué l'intérêt qu'il portait aux choses de la foi, à l'enseignement des textes sacrés, puis ses commentaires à propos de l'éternité, de plus en plus inquiétants aux yeux de ces gens qui n'avaient jamais osé remettre en cause certains dogmes et transmettaient les préceptes de la foi comme on les leur avait transmis, en des termes n'admettant ni la nuance ni la réplique.

Ce qui étonnait, pourtant, c'est que Faber ne semblait pas avoir la foi, mais réclamait qu'on le détrompe. Une telle position, chez un si jeune homme, en déconcerta plus d'un, et l'on se demanda s'il ne faisait que répéter certains propos entendus à la maison. Or il s'avéra que les parents de Faber étaient aussi troublés que ses maîtres par les questions incessantes de leur fils, qui refusait d'admettre que l'existence de Dieu ne se discutait pas. Dieu était, lui disait-on, comme étaient le bien et le mal, mais Faber n'était pas plus convaincu de la réalité de Dieu que de celle du bien. Pour Paul Faber, seule l'existence du mal était indubitable. Aussi, quand on découvrit le corps d'Anna Dickson, on ne put s'empêcher de penser que Faber était pour quelque chose dans la mort de cette jeune fille et qu'il avait peut-être voulu démontrer la suprématie du mal en s'attaquant à l'innocence. On se trompait toutefois, puisque Paul Faber cherchait, derrière ces agissements que tous associaient au mal, le surgissement d'une pureté qui aurait pu le convaincre des pouvoirs égaux du bien.

En incitant Anna et Charles à le suivre dans la clairière, Faber voulait en quelque sorte avoir la confirmation de l'existence du bien – c'est du moins ce que j'ai déduit de l'involontaire confession de Wilson –, en prouvant que le divin se manifestait non dans l'esprit, mais dans la chair des hommes, et s'il avait eu quelque difficulté à persuader Anna de se soumettre au rituel qu'il avait imaginé, il avait suscité chez Wilson une excitation telle que celui-ci n'entendrait pas les exhortations d'Anna lorsqu'elle refuserait tout à coup que le jeu se poursuive. Il n'entendrait que la voix de Faber, qui lui dicterait ce qu'il avait à faire: se déshabiller, s'approcher d'Anna, qu'une corde retenait au chêne, et la «connaître», c'est le mot qu'avait employé Faber au moment où le sexe de Wilson avait touché le ventre d'Anna.

De son côté, Faber ne désirait que regarder. Il voulait être le voyeur, celui qui orchestre la mise en scène. Il voulait être Dieu, l'œil qui détermine les limites du bien. Aussi dut-il croire, quand Anna se mit à implorer Wilson, que les gémissements de la jeune fille n'étaient que l'expression de son vertige, et ne pas s'apercevoir que les cris de la vierge, ce jour-là, n'avaient rien de divin.

~

~

Les démons brûlent dans l'âtre, leurs yeux animés de lueurs où je ne peux m'empêcher de percevoir la joie de qui retrouve enfin son élément. Aucun cri ne s'élève cependant de ce brasier, seulement de longues plaintes chuintantes où se conjuguent douleur et jouissance. Faber soupçonnait-il ce bonheur né de la torture lorsqu'il avait apporté ce petit escabeau dans la clairière afin d'accomplir le rituel qu'il avait imaginé pour la défloration d'Anna ? *Quand j'entends ce mot, « défloration », je vois d'abord des marguerites, puis des petites fleurs roses et délicates n'exprimant en rien la potentielle violence du mot. Je vois des soupirs dans une atmosphère poudreuse, puis des pleurs succédant aux soupirs, qui sont à la fois de chagrin et de regret. Je vois des enfants qui ne savent plus comment jouer, des ballons roulant sur des terrains vagues, relégués à la solitude.* J'ignore ce que pensait Faber, tout ce que je sais, c'est qu'il désirait que Dieu et diable fussent témoins de ce passage d'Anna vers la félicité, et qu'il désirait surtout, en posant ses pieds sur la tête de démons, prouver que l'amour pouvait écraser le mal, que l'acte d'amour pouvait prendre appui sur les figures de la tentation pour s'élever vers Dieu. *C'est près d'Anna, dans ce livre où la chair des femmes désignait les péchés des hommes, que j'ai aussi revu Faber, au centre d'un tableau où le ciel était pourpre et les nuages noirs. J'y avais vu son pied fouler une terre d'ossements au-dessus de laquelle triomphaient les anges, puis je m'étais mis à trembler lorsque ce pied avait tout à coup été happé et que le corps entier de Paul avait sombré sous les crânes. Instinctivement, j'avais déchiré le livre et l'avais jeté aux ordures, bouleversé par la vérité perçue dans cette toile, qui remontait des siècles passés comme un ossement revient au jour suivant les mouvements de la terre.*

C'est à peu près ce qu'il nous avait expliqué, à Anna et à moi, à propos de la clairière de la vierge, usant, pour nous convaincre de l'accompagner dans cette expédition, d'arguments que ni elle ni moi n'avions compris, et que personne n'aurait compris, puisque la logique de Faber était une logique où tous les détours étaient bons, tous les syllogismes permis pour que l'ombre hypothétique de Dieu devienne moins menaçante et permette à la vie de ne pas incessamment s'abîmer dans la culpabilité du désir.

Je ne me rappelle pas ce que Faber nous avait dit exactement, je ne me souviens que du sens de ses propos, mais je ne crois pas qu'il avait pensé au fait que les démons aimaient qu'on les écrase, qu'ils n'étaient pas affaiblis par l'humiliation, mais y puisaient au contraire leur force. Je ne crois pas qu'il avait prévu que les démons, heureux de participer à ce qui deviendrait le sacrifice de la vierge, le feraient trébucher puis tomber, ni qu'il glisserait sous les corps enchevêtrés l'ayant précédé dans la connaissance du mal.

Pour ma part, je n'avais pas prévu que les démons chanteraient quand j'ai décidé, ce matin, qu'il était temps pour eux de regagner l'enfer. Je n'avais pas réfléchi à l'absurdité de ce geste par lequel je voulais détruire les reliques d'un passé qui n'avait nul besoin de ses objets pour m'engloutir. Et maintenant que l'escabeau de la clairière brûle devant moi, répandant dans la pièce une chaleur suffocante qui m'engourdit lentement, je me dis que rien ne s'effacera, que les cendres des démons nourriront le sol et que leurs rires continueront de s'immiscer dans la torpeur où me précipite, tel un puissant anesthésiant, la chaleur engendrée par leurs étreintes.

∽

D'autres que moi se seraient hâtés de détruire cet escabeau, de le jeter à la rivière avec Anna, et je ne comprends pas vraiment pourquoi je l'avais conservé. Peut-être espérais-je inconsciemment que mon père le découvre avec la corde, et qu'il le jette un soir de juillet dans un feu de grève où, à travers les suffocations du bois mouillé, les démons lui auraient raconté la mort d'Anna Dickson, me déchargeant ainsi du terrible poids d'un secret qui m'échappait. Devant le vide creusé par le rapide effacement de mes repères, j'avais dû opter pour une forme de transmission de la mémoire, dont mon père aurait été le légataire. C'était sans compter sur le désir de ma mère de nous exiler de Trempes, de nous éloigner de tout objet susceptible d'accuser son fils d'être pareil à tous les hommes. Quoi qu'il en soit, j'avais eu raison de conserver cet escabeau, puisque ce geste avait permis le comblement du vide, la préservation de la mémoire.

~

Ça y est, Anna est revenue, comme je l'avais prévu. Nous avons entendu sa voix toute la nuit, qui se faufilait entre les arbres, les bosquets, s'arrêtait pour reprendre son souffle, puis s'élevait de nouveau, claire et pure, sous le ciel étoilé. Vers minuit, le vent a éteint le feu dans l'âtre, puis s'est subitement calmé, inexplicablement, et c'est là que la voix d'Anna a remplacé les sifflements qui nous encerclaient depuis des heures, s'infiltraient par la cheminée et soulevaient les bardeaux du toit. « Anna est sortie des histoires », ai-je alors murmuré aux oiseaux, puis un silence glacial s'est abattu sur le chalet, où craquait parfois une planche, une poutre, où éclatait dans un rapide chuintement un morceau de braise asphyxié sous les cendres, mais aucun de nous quatre n'a plus prononcé une parole jusqu'au matin. Nous attendions, spéculions chacun pour nous quant à la distance qu'il lui restait à franchir avant que la voix ne soit tout près, juste derrière le chalet où nous sentirions sa présence même si elle venait à se taire. Nous attendions les trois petits coups frappés contre la porte qui nous annonceraient l'arrivée d'Anna Dickson.

Mais Anna n'a pas frappé, elle est allée directement sur la grève, où nous l'avons aperçue ce matin, en ouvrant les rideaux, dès que le jour a été levé et que nous avons pris conscience du ridicule de nos peurs. Ce n'était qu'Anna, en somme, l'Anna vieillie de mon enfance. Elle marchait lentement sur le sable, y dessinant avec son pied chaussé et son pied nu un long filet de temps, semblable à celui que j'y avais tracé avant l'hiver, ramenant notre passé par-dessus le présent.

Elle avait l'air paisible, c'est du moins ce que laissaient croire le rythme de sa marche, la droiture de son corps. Si elle nous avait montré son visage, nous aurions peut-être constaté que sa tranquillité venait de l'immense fatigue d'avoir dormi si longtemps, mais elle a préféré nous épargner, je crois, la vision de ses traits meurtris par le satin. Elle allait et venait, retranchée derrière sa chevelure grise, puis elle est allée s'asseoir sur les caps, où l'ont sur-le-champ rejointe les trois sœurs, la blonde, la rousse, la blanche, Anna, Anna, Anna. Puis la pluie a voilé les caps et elles se sont enfoncées sous l'eau piquetée d'éclats d'eau. « *Viens voir, Charlie, viens voir danser les petits " bonhommes "* », *me disaient mon père et ma mère au temps où je croyais que tout ce qui était petit ressemblait à Charlie, appartenait à l'univers douillet et chaud des êtres inoffensifs, des petits animaux, des petites fleurs à ne pas écraser.* Nous ne les avons plus revues par la suite, mais, aux sillons qui ont fendu le lac, j'ai deviné qu'elles s'étaient dirigées vers l'île sans nom, derrière laquelle résonnent encore, avec le chant d'Anna, les cris du gamin que j'avais trop rapidement pris pour un idiot il y a de cela une vie, une vie ratée. Or ce n'était pas un idiot, ce n'était qu'un enfant timide, un être qui avait besoin du refuge de l'ombre pour ne pas se voir trop distinctement. Ce n'était qu'un enfant qui n'arrivait pas à s'aimer. Y serait-il parvenu qu'Anna ne se trouverait probablement pas là, à frissonner sous les eaux du lac, mais dans une petite maison, construite à même la colline des loups, à surveiller une ribambelle de petites Anna et de petits Charlie.

« Pathétique, je deviens pathétique », dis-je à Anna, puis à Anna, puis à Irving, mais le brave Irving n'entend pas. Irving ronfle et gémit, Irving rêve aux ongles d'Anna, aux petites mains d'Anna qui viendront le chercher. Il rattrape avec Harvey et Hervé notre sommeil volé, car il sait que nous devrons affronter d'autres interminables heures de veille, d'autres inquiètes soirées de calme. Il a compris que notre fin arriverait bien avant les nuits embaumées de lilas maintenant qu'Anna est sortie de la terre et de l'histoire.

Et puis, et puis, il avait lu les livres moisis de la chambre d'enfant, Irving, avec Harvey et Hervé, en ces longues nuits où je m'absentais, dans le cauchemar, l'oubli, la honte. À la lueur du feu mourant, ils s'étaient tous trois relayés pour se faire la lecture, applaudir le talent d'Irving, dont le ton savait se faire emphatique quand chutaient les héros, et ils savaient bien mieux que moi, hélas, ces oiseaux ne vivant pourtant qu'à travers mes yeux gonflés d'insomnie, que les mots marquant notre fin s'imprimeraient tôt ou tard sur le papier jauni.

~

C'est le mois de mai, si je me fie à mes repères. Les dernières plaques de neige ont disparu, faisant place aux brins d'herbe jeune ne craignant pas la fraîcheur des nuits, et l'on perçoit dans la couleur du temps ces promesses d'avenir auxquelles ni Anna, ni les oiseaux, ni moi, n'avons l'innocence de croire.

L'été sera là bientôt, et mon pèlerinage sur les lieux de ma mémoire ancienne tire à sa fin, comme tout ce qui m'entoure, d'ailleurs. «Le jour de cette fin entraînera la mienne, dans l'un des trop rares mouvements de ma vie vers l'avant», dis-je à Irving en m'esclaffant devant l'ironie de mon existence. Mais Irving ne rit pas, Anna ne s'esclaffe pas avec moi, car la désolation pesant sur ce chalet qui craque se prête mal aux efforts du désespoir pour se camoufler sous la plaisanterie. J'aurais pourtant aimé accorder quelques heures de répit aux oiseaux avant qu'arrivent les adieux, où nous aurions pu nous promener avec Anna sur le rivage en faisant semblant d'espérer l'été. Mais j'ai stupidement remis ce projet à des lendemains de plus en plus hypothétiques, contraignant l'espoir à se muer en regret, pour retourner me promener du côté de Trempes, avec l'intention de rendre une dernière visite à l'homme qui m'avait si généreusement accueilli dans sa maison, en dépit des souvenirs sinistres se pressant derrière moi sur le pas de sa porte.

Je croyais que Joseph Lahaie pourrait peut-être m'éclairer sur les mystères des bois de Trempes, dont j'aurais voulu lever le voile avant la fin du dernier jour. Mais Lahaie n'aura réussi qu'à appesantir ces mystères, qu'à refroidir le climat de ce triste mois de mai, puisque Lahaie n'était plus là, puisque sa maison était vide, je l'ai immédiatement deviné quand j'ai vu la porte ouverte, puis l'état de délabrement des lieux après les rigueurs de l'hiver. Au-delà de la porte, toutefois, rien ne paraissait avoir changé. Tous les oiseaux étaient à leur place, l'espace demeuré vacant depuis le départ de Harvey, Hervé et Irving n'avait pas été comblé, et il régnait encore dans la pièce centrale l'une de ces atmosphères feutrées propices à la confidence. Cette quiétude était cependant un leurre, car la chaleur du lieu ne tenait qu'à son éclairage, qu'au soleil tamisé filtrant par les vitres salies et me révélant la poussière accumulée depuis des semaines, des mois peut-être, sur les meubles, les tapis, les oiseaux, pareille à la fine poussière qui se serait élevée des cheveux de Lahaie si on les avait secoués. J'ai tout de même appelé, j'ai tout de même crié le nom de Lahaie, « Joseph », mais seule ma voix a percé le silence, accompagnée des battements d'ailes effrayés d'un couple d'hirondelles ayant construit leur nid dans l'angle d'une solive.

Alors j'ai compris que Lahaie n'avait pas attendu mon retour pour quitter Trempes, qu'il avait préparé ses bagages une nuit de tempête et qu'il était parti sans se retourner, sans mettre les verrous ni refermer la porte, pour des lieux où je ne risquais pas de le poursuivre, sinon comme cette ombre que j'avais toujours été. Abasourdi par ce départ inattendu, que confirmait cruellement la tristesse des oiseaux, je suis descendu à la cave chercher une bouteille de ce lénifiant alcool que j'aurais pu boire à Lahaie et au bon vieux temps, si Lahaie et moi avions eu quelques soirées d'insouciance et d'ivresse communes, comme en ont parfois les hommes, ou à l'avenir, si toute notion d'avenir n'avait été vidée de son sens. J'ai donc bu à ce qui n'avait plus de sens, passé ou avenir, en chantant la chanson d'Anna et des nyctales, des pluviers de Wilson, *Charadrius wilsonia*, dont un spécimen, sûrement placé là par Lahaie le soir de son départ, alors que la neige menaçait de bloquer les routes, trônait parmi les rapaces, les gallinacés, les oiseaux des marais et des rivages.

Comme Anna... Je portais comme Anna le nom d'un oiseau de Lahaie, et il avait fallu que bifurque sur la plaque de ce pluvier un lugubre rayon de soleil de mai pour que je découvre cette parenté et me demande si je n'étais pas mort, moi aussi. Pendant que l'ivresse me gagnait, la consolatrice ivresse des hommes, j'ai également constaté qu'Anna portait le nom de la discorde et que le mien évoquait la charogne, « Charadrius », à moins que ce nom n'ait été qu'une énigme, une charade dont il m'aurait fallu séparer les éléments : mon premier est le nom d'un oiseau de discorde, mon deuxième cherche Dieu, mon troisième est une ombre...

Après avoir inutilement vidé deux bouteilles de penthotal, puisque personne, hormis mon triste homonyme, ne voulait écouter ma confession, je me suis rendu au centre du village, d'où me parvenait le glas annonçant la mort d'Anna Dickson. J'ai suivi la musique lancinante des cloches, immobiles derrière les abat-sons, puis je suis entré dans la fraîcheur de l'église, où flottait, sous les relents d'encens, l'étourdissant parfum d'Anna. Mais l'endroit était totalement désert, si j'exclus quelques oiseaux perchés sur les chapiteaux, et peut-être cette présence errante de Dieu, encore palpable, comme le parfum, dans l'ancien souvenir des prières. Je ne voyais cependant pas ce que pouvait faire Dieu dans un tel lieu, ce que je lui ai dit de ma voix d'homme ivre, mais Dieu ne m'a pas répondu, selon son habitude. Je n'ai pas insisté et me suis assis dans le cône de lumière jaune tombant du vitrail de la résurrection, où j'ai tenté de prier pour Dieu, pour moi, pour cette jeune fille arrachant des cris hystériques aux autres filles. Je n'ai toutefois pas su. Si l'état de prière m'était un état connu, j'y aurais depuis longtemps trouvé le secours où se réfugient les êtres perdus. Puis Anna est apparue, bleue sur le satin blanc, escortée de visages larmoyants penchés sur son ventre bombé, plein du petit Faber qui renaîtrait de la terre, car c'est par là qu'il devait revenir, Faber, par le ventre d'Anna ayant recueilli une giclée de mon âme. Dans la désolation des lieux, la procession funèbre à laquelle je ne me rappelais pas avoir assisté a solennellement défilé devant moi, le parfum d'Anna a embaumé l'église, puis le cortège s'est englouti dans les étroits couloirs menant à la sacristie.

Quand la lumière s'est mise à décliner, rasant la colline sombre du Golgotha, Anna a disparu dans un murmure où dominaient les *requiescat in pace* et je suis revenu ici sans suivre le cortège jusqu'au cimetière, où je redoutais d'apercevoir, près de la pierre rose d'Anna, la pierre grise de Joseph Lahaie, d'où se serait élevée une fine poussière lorsque j'aurais tenté d'y lire le jour et l'heure de sa disparition. Je ne suis pas allé voir, non plus, si Maria Dickson avait laissé quelque souvenir à mon intention, robe d'antan ou bas de soie légère, car j'avais peur que Maria Dickson ait été emportée avec Lahaie par les tourbillons de l'hiver, car je craignais qu'il n'y ait plus de Maria, que la petite Maria n'ait jamais existé.

~

Sur les chemins sinueux me ramenant au chalet, j'ai pensé que Joseph Lahaie n'était peut-être qu'un fantôme, comme Humphrey le coyote, j'ai pensé que Maria Dickson… Or j'avais le souvenir de la chaleur de la main de Lahaie, de la brûlure de la main de Maria, effacée de mon front durant l'hiver, j'avais le souvenir de n'avoir pas été seul.

~

~

Après les événements d'octobre 59, ni Trempes ni ses habitants ne furent plus jamais les mêmes. Les années eurent beau passer, les soleils d'avril et de mai faire se lever les brouillards persistants de l'hiver, une nouvelle obscurité pesait sur le village, qui affectait les rêves et les rires, les regards portés sur les premières ou les dernières lueurs du jour. Même les oiseaux empaillés dont je m'entourais, préférant leur mémoire tranquille à celle invariablement tourmentée des hommes, semblaient craindre les crépuscules.

Peu à peu, à la suite des Wilson, des familles entières firent leurs bagages et prirent la route, avec ce sentiment, toutefois, que peu importait le nombre de kilomètres qu'elles laisseraient s'accumuler entre elles et Trempes, quelque chose de Trempes survivrait non seulement dans leur souvenir, mais dans leur âme, leur esprit, une forme d'infestation qui ferait venir la fièvre dès les premiers vents de l'automne.

Au bout d'une quinzaine d'années, Trempes avait pratiquement été déserté, et il ne restait au village qu'une poignée de réfractaires refusant de se soumettre, disaient-ils, à des peurs nées de la seule proximité de la peur. Parmi eux, se trouvaient Maria et Alexandra Dickson, la sœur et la mère d'Anna, qui voulaient demeurer près de la disparue, dont l'âme, selon Alexandra, continuait d'errer aux abords de la rivière aux Ormes. Quant à moi, l'idée de quitter Trempes ne m'a jamais effleuré. C'est ici que ma vie était, avec les arbres et les oiseaux, et partir aurait été accepter la mort lente des déracinés. J'attendais également le retour de Faber ou de Wilson, car j'étais toujours convaincu que l'un d'eux réapparaîtrait un jour au tournant de la route, et que j'apprendrais enfin, dans le regard de cet homme ayant trop longtemps résisté à la force d'attraction de son malheur, ce qui avait pollué les eaux et les bois de Trempes.

Quand Wilson arriva enfin, au bout de vingt-cinq années, et qu'il se présenta chez moi dans les lueurs d'un hésitant soleil d'octobre, je sus tout de suite que j'avais devant moi un homme condamné. Les semaines qui suivirent me donnèrent raison, car son retour à Trempes ne libéra en rien Charles Wilson des lourdes chaînes qu'il avait traînées derrière lui pendant un quart de siècle. Les cauchemars qui avaient hanté ses nuits, et dont la première image s'était cristallisée quand la tête de la jeune Anna Dickson était tombée sur sa poitrine, résonnèrent bientôt dans la maison entière, et j'en conclus que Charles Wilson, qu'il fût ou non conscient des véritables motifs de son pèlerinage à Trempes, était en quelque sorte revenu pour se livrer, recevoir le prononcé d'une sentence qui allait transformer sa condamnation en éternelle damnation.

Quant à moi, je n'étais malheureusement pas à l'abri des images qui torturaient Wilson, et je me rendis rapidement compte à quel point il avait été présomptueux de ma part de croire que je pourrais sans danger affronter l'horreur qui avait anéanti la vie de cet enfant, puis de cet homme. Quand je découvris le squelette exhumé de Faber dans la clairière, je sus que tout était fini et qu'il me fallait à mon tour quitter Trempes avant que la folie n'envahisse irrémédiablement ma maison. Quelques jours plus tard, je faisais mes bagages, n'emportant que l'essentiel et abandonnant les oiseaux qui m'avaient tenu compagnie à la compagnie de la mort. J'oubliais pourtant que, quelle que soit la distance que je laisserais s'accumuler entre Trempes et moi, Trempes survivrait non seulement dans mon souvenir, mais dans mon esprit, dans mon âme infestée par la démesure et l'insoumission de Paul Faber.

~

~

Je suis malade, je crois. J'ai de nouveau la fièvre, mais aucun oiseau blanc ne se dessine sur ma fenêtre donnant à l'ouest. Je ne vois, à travers ma vitre claire, qu'Anna la blonde, la rousse, la blanche, qui font éclabousser de leurs plongeons les eaux bleues du lac, où se reflète un soleil qui aura raison des dernières traces tangibles, s'il en reste, de cet interminable hiver – d'autres traces resteront en moi, indélébiles, mais ne les verront que ceux qui connaissent bien l'hiver.

J'entends aussi, portés par le temps clair depuis la colline des loups, les hurlements d'Humphrey, qui m'implore de reprendre la route avant que le temps ne m'engloutisse irréversiblement dans sa spirale, et que renaisse Anna, que renaisse Paul, que revienne la douceur du dernier été des Indiens. Il hurle ainsi depuis la nuit, claudiquant sur la douleur de son membre absent, qui ne lui aura été arraché que pour lui apprendre que la souffrance n'épargne pas les fantômes.

Je l'ai aperçu hier, à mon retour du village, qui marchait dans les champs à mes côtés, à la même exacte vitesse que moi, butant contre les mêmes pierres, trébuchant dans les mêmes aspérités du terrain, totalement ivre et chantant la chanson des pluviers de Wilson dont je tenais un spécimen contre mon flanc, sous le large manteau de Lahaie qui me protégera de la fraîcheur des soirées. Il chantait avec moi, titubait comme s'il eût été mon ombre – je pouvais donc avoir une ombre, ai-je pensé naïvement –, et j'ai compris qu'Humphrey le coyote, ainsi que je l'avais supposé, n'était que le spectre de l'animal mortellement blessé que j'avais pendu dans l'arbre d'Anna comme on pend les hommes, debout, comme on les exécute, pour les punir d'être des hommes. *Je ne suis pas du genre à deviner les fictions de Dieu ni les tours du diable, et je continue de me demander comment Dieu s'y est pris pour m'abuser à ce point. Mais plus le temps passe, et moins je suis certain que Dieu y est pour quelque chose. Je crois plutôt que seul le diable pouvait mettre le visage d'un homme sur celui d'une bête. Je crois qu'il fallait l'intervention du diable pour que s'opère une telle métamorphose. Paul Faber aura donc été victime des mystifications de Satan, comme moi, quand il a enfilé la corde d'Anna il y a vingt-cinq ans, puisque c'est le diable qui l'appelait, travesti de la luminosité de Dieu.* Je me suis toutefois demandé, en regardant Humphrey regagner la colline, si un spectre pouvait parler, si un spectre pouvait chanter, tout en me disant que le chant des spectres n'était peut-être que l'une des multiples variations des voix qu'emprunte la folie pour traduire les tourments des hommes. Or le fait est que je ne sais pas ce qu'est la folie. J'en ai souvent parlé comme d'une évidence, en ces moments où je m'appuyais sur les repères des autres et où je tentais d'oublier que le monde et moi ne nous tenions pas du même côté de l'abîme. De ma position, il m'apparaît pourtant que ce sont ceux qui ne voient pas les ombres qui les entourent qui sont fous, dangereusement fous.

«Comment savoir si je suis fou?» dis-je au spectre d'Humphrey, «comment savoir si j'existe seulement?» dis-je aux trois sœurs Anna en appuyant mon front contre ma vitre claire, où la buée de mon haleine fait surgir des nuages annonçant la tempête. Mais les trois sœurs m'ignorent, ne voient pas la buée ni le front rougi de cet homme qui leur a expliqué leur mort, la raison de leur au-delà. Elles se taisent et s'éloignent, de plongeon en plongeon, vers cette rive du lac que mon regard ne peut atteindre. Peut-être me disent-elles ainsi adieu, les trois Anna du lac, en ce jour de printemps qui ressemble lui-même à un adieu, à une fin précipitée par la fièvre.

« Mais ma fin ne peut se résumer dans cette fièvre où se perd la lumière de mai », dis-je en suivant le contour des nuages à travers la buée, ce avec quoi Harvey, Hervé, Irving, sont totalement d'accord. « Ça ne peut être la fin, crient-ils désemparés, puisqu'une ombre, Charlie, ne peut s'éclipser par un jour de grand soleil, par un jour où miroitent les eaux bleues. » Et ils ont parfaitement raison, ça ne peut être la fin, la fin viendra quand on entendra le cri des nyctales et des sarcelles, et que se seront tues les voix de ces lointaines jeunes filles que ma main sur mon front mouillé et volant en éclats tente inutilement de chasser.

Et puis, et puis, ils avaient lu tant de livres, mes amis de malheur, où ils avaient appris qu'un héros ne pouvait mourir sans qu'on sache s'il existait. Mais je n'étais pas un héros, et mon histoire était destinée à moisir sous les mobiles déglingués où de fragiles figurines perdaient leurs plumes.

~

Les trois sœurs du lac sont parties, définitivement parties, mortes, noyées, Irving est tombé du manteau de la cheminée, s'est fracassé le crâne sur la pierre de l'âtre, entraîné par le poids de son socle, et ses deux compagnons, confiants qu'on ne peut mourir deux fois, tentent de le redresser sous les yeux étonnés du pluvier de Wilson, Charlie, qui essaie vainement de se faire accepter dans leur bande, car Harvey et Hervé ne veulent aucun substitut à Irving. « L'irremplaçable Irving, pleurent-ils, Irving l'irremplaçable. »

Et moi, je n'interviens pas, puisque tout dépérit, que ce lent crépuscule appartient à l'ordre des choses, abject et naturel. Je laisse les oiseaux s'arranger entre eux, pendant que je regarde les sœurs Dickson, Anna et Maria, se promener bras dessus bras dessous sur la plage, Anna la grise avec une sandale bleue à son pied gauche, Maria la blonde observant ses bas déchirés où se dessèche une giclée de mon âme. «Combien de femmes», dis-je à Anna en murmurant, trop faible pour donner à la question le poids qu'elle mériterait, «combien d'Anna-Maria Dickson a-t-il pu y avoir dans ma vie, entre l'enfance et ce mois qui prend des allures de fin du monde?» Et elle me répond gentiment, avec son émouvant sourire de disparue, que «les plus petits nombres, Charlie, prennent parfois des proportions vertigineuses», ce qui fait réagir Charlie, qui croit qu'Anna s'adresse à lui, qui se met à voleter dans le chalet en cherchant d'où vient cette voix de jeune fille, qui interroge Hervé, qui interroge Irving, silencieux dans l'agitation des lieux où quelques plumes soulevées par l'excitation de Charlie referment ses paupières. Il se demande, Charlie, que peut vouloir dire cette jeune fille, en quoi les petits nombres doivent nous inquiéter, nous qui ne savons plus si nous sommes quatre ou cinq. Mais il oublie Anna, mais il oublie Maria, qui s'enfoncent peu à peu dans le sable à mesure que le jour décline, offrant leurs visages aux derniers rayons de notre crépuscule. Il oublie que je suis le seul à ne pouvoir officiellement être compté parmi les morts, que les plus simples règles ne peuvent être appliquées en ce qui nous concerne, que nous sommes un résultat fallacieux, dont je ne lui révèle pas l'inexactitude, pour ne pas l'effrayer davantage. Je le calme en chantant la chanson des pluviers, que devront apprendre Harvey et Hervé, puis je prends Irving dans mes bras, le minuscule Irving, l'irremplaçable Irving, sur le dos duquel je vois s'écouler, comme une eau ne pouvant sauver la terre de sa sécheresse, les larmes du petit Charlie égaré dans les bois.

~

Jour de pluie sur le lac. Jour de calme et de pluie. L'heure des nyctales arrive, qui sera également l'heure des buses, des cœurs qui se déchirent, et les oiseaux regardent l'horizon, pleins de mélancolie, en murmurant « si peu de pluie, encore, si peu ».

Quant à moi je suis nu, et je cherche dans mon dos le tracé des trois minces lignes de sang qui pourraient me donner la preuve du vertige des petits nombres. « *Qu'as-tu fait ?* » *répétait désespérément ma mère en pansant mes blessures, trois minces lignes de sang sur ma peau blanche, pendant que le poing douloureux d'Anna Dickson martelait mon épaule,* « *salaud* », *que sa main griffait le haut de mon dos, mais de plus en plus faible, docile et consentante. Tel fut, je crois, le dernier geste aimant d'Anna Dickson, trois lignes de sang sur ma peau moite.* Or il n'y a rien, dans mon dos, que le temps n'ait effacé. Il y a bien quelques stries, quelques profonds sillons sous les poils se raréfiant, mais qui ne sont que le signe de l'affaissement de ma peau, autrement vierge des marques de toute caresse ou blessure. Je me rappelle pourtant la douceur de mains frêles ayant esquissé là quelques caresses, mais il faut croire que leur passage fut trop furtif pour que ma peau en garde le souvenir. Quant aux blessures, ma chair en a fait disparaître la trace en même temps que mon esprit en effaçait la brûlure. Aucune empreinte visible d'Anna Dickson ni d'aucune autre femme ne subsiste sur ma carcasse d'homme vieillissant, et si de telles empreintes ont existé, c'est que la totale amnésie de ma vie aura aussi atteint mon épiderme. Je suis seul, nu, et je n'ai d'autre certitude que cette nudité.

~

Le cri des nyctales a retenti au milieu de la nuit, comme il se devait, suivi du cri d'aube des sarcelles, trop tard venu pour Irving, puis de celui des buses, et nous avons immédiatement su, Harvey, Hervé et moi, que l'heure des adieux ne pouvait plus être repoussée. Je les ai donc amenés au bout du quai, où je leur ai raconté une dernière histoire, celle du petit Charlie qui ne savait s'il était un lièvre ou un renard, faute de miroirs dans les sous-bois résineux où il habitait, et qui avait abouti un jour près d'une rivière où, à peine avait-il eu le temps d'apercevoir son reflet, que l'ombre d'un faucon s'abattait sur lui. «Qu'est-ce qu'il avait vu, ont alors piaillé Harvey et Hervé, qu'est-ce qu'avait vu Charlie?» «Je ne sais pas, leur ai-je répondu, l'histoire ne le dit pas, ne le dit jamais», puis, sans tenir compte de leurs protestations, j'ai refermé le livre, j'ai caressé leur doux plumage et je leur ai souhaité un bon voyage, bien que je sache pertinemment que les buses et les nyctales ne migrent pas ensemble, ni vers les mêmes terres, ni vers les mêmes amours.

Je suis ensuite parti sans me retourner, mais je savais qu'ils étaient tous deux penchés au bout du quai, Harvey la buse et Hervé la nyctale, où ils tentaient de trouver leur reflet dans les eaux agitées du lac. Je suis rentré au chalet avec Charlie sur l'épaule, qui me picorait l'oreille en tentant de me convaincre que le petit Charlie n'était ni un lapin ni un renard, «mais un pluvier, Charlie, un tout petit pluvier». Je l'ai laissé dire, puis j'ai fermé les rideaux sans avoir vu Harvey et Hervé prendre leur dernier envol, et je me suis occupé d'Irving, si triste, me semble-t-il, à l'idée qu'il ne visitera jamais la Jamaïque. À l'aide d'un couteau, j'ai délicatement détaché ses petites pattes de son socle, millimètre par millimètre, et, pendant que Charlie fouillait dans les livres de la chambre d'enfant, je me suis assis avec Irving devant l'âtre éteint, sur le tapis de plumes où est venue s'échouer une dernière plume, une petite plume bleue détachée de son aile. J'ai pensé à Anna la bleue, mais je n'ai pas raconté son histoire à Irving, ni celle de Charlie le lapin, le renard, le lièvre. Je l'ai confortablement installé dans la courbure de mon bras en lui chantant plutôt l'air d'Anna, et j'ai eu l'impression, vague et furtive, de voir apparaître devant moi Joseph Lahaie, qui tenait ainsi une sarcelle entre ses bras, mais c'était il y a si longtemps que son corps a dû se pétrifier depuis, se couvrir de poussière et d'un fin réseau de fils qui effacera bientôt cet homme de ma mémoire si facilement oublieuse.

Maintenant que j'ai accompli ce qu'il me fallait accomplir, le cri des coyotes a succédé à celui des buses, et j'essaie de me remémorer cette autre histoire, puisque l'heure est à la nostalgie, dans laquelle les coyotes s'appelaient Humphrey. «J'ai presque tout oublié de cette histoire, dis-je à Irving, parce qu'elle est également trop vieille, comme doit être atrocement vieux Humphrey le coyote.» «Si je me souviens, lui dis-je encore, je te raconterai, c'est promis», mais je ne lui avoue pas que, depuis deux ou trois jours, le temps se condense derrière nous, que je ne me rappelle avoir été un enfant que parce qu'il me faut bien l'avoir été, et qu'une nuée sombre, si sombre, s'apprête à envahir le printemps.

∼

L'orage viendra de l'est, à mon avis, surgira de derrière la colline où le soleil se lève, antérieure à la colline des loups, puis envahira le ciel d'ouest, où il s'abattra sur les loups. Il manquera donc un jour au mois de mai, je veux dire, ces quelques heures de clarté nommant le jour, mais le printemps aura gagné une nuit. C'est toujours ainsi, chaque année, le nombre des nuits excède celui des jours.

~

Voilà. Cela n'a pas tardé. L'orage s'est levé à l'est, avant que le jour puisse succéder à la nuit, striant le ciel de lueurs n'en révélant que les fonds obscurs. Devant moi, le lac n'est plus que rafales, et la rive opposée a totalement disparu. L'horizon qui nous enferme s'est à ce point rapproché qu'il mérite à peine le nom d'horizon. Il est même possible, si la tempête gagne en ardeur, qu'il nous rejoigne, que le vent catapulte sur nous cet horizon devenu liquide et que nous nous trouvions soudain sans avenir. J'ai toujours aimé les orages pour cette raison précise qu'ils nous laissent incertains de leur issue, mais aujourd'hui j'ai peur que la tourmente ne nous fasse prisonniers de ce chalet qui craque de toutes parts et d'où je devrais être parti depuis longtemps. Je me demande d'ailleurs ce que nous faisons là, Irving et moi, à observer nos reflets dans la fenêtre où la pluie frappe si fort que chaque goutte se heurtant à la paroi de verre est aussitôt happée par les rigoles sinueuses se précipitant l'une sur l'autre pour devenir rivières, fleuves, cataractes (*cela me rappelle l'étrange scène d'un film qui m'avait autrefois bouleversé, où le héros, un enfant dont la sensibilité comportait quelque danger, me semble-t-il, pariait son avenir et celui des siens sur l'hypothétique collision des gouttes glissant devant son regard fou*).

Je me demande ce que fait Charlie le pluvier, suspendu à l'une des poutres du plafond par une corde beaucoup trop grosse pour un si petit corps. Je le vois se balancer derrière moi, dans le reflet des bougies éclairant la fenêtre, et je sais bien que Charlie n'a pu aboutir là tout seul, que quelqu'un d'autre, qui assimile ses gestes aux cauchemars agitant son sommeil, l'a certainement aidé à mourir une deuxième fois, comme Paul Faber, comme Irving la sarcelle, comme Humphrey le coyote. Cet endroit qui ne me restitue ma mémoire que pour me dérober des pans entiers de mon présent ne m'est pas propice, je crois, et je crains l'homme qui l'habite autant que je crains les grincements de la tempête, qui se glisse dans la cheminée et vient soulever les plumes amassées sur le sol, refroidir ma chemise trempée de sueur, en dépit de la fraîcheur des lieux, et faire osciller Charlie le pluvier, le lapin, le coyote, dont l'ombre se promenant dans le vacillement des bougies est beaucoup trop massive pour un si petit corps.

Je n'aurais pas dû revenir à Trempes, puisque je n'aurai réussi qu'à y faire revivre la mort et qu'à conclure enfin que je suis fou. *Je ne sais pas ce qu'est la folie, je ne l'ai jamais su, mais elle ressemble assurément à cet homme tenant dans ses bras un oiseau mort pendant que son regard trop fixe essaie d'endiguer les rivières, les fleuves chutant devant lui à la verticale.* Je n'aurai rien trouvé dans ce village que le temps n'ait détruit, y compris le souvenir que je gardais de l'innocence. Ce retour sur les lieux de mon passé m'aura au moins appris ceci, à savoir que le souvenir disparaît lentement des lieux où nous le croyions ancré à jamais, que les reflets perçus dans le pourrissement des vieux bancs de bois ne sont que les lueurs de la mélancolie. C'est seulement dans l'esprit que le souvenir survit, dans l'âme, et c'est là qu'il s'éteint, quand il a eu raison de la capacité de l'âme à s'attrister de ce qui n'est plus.

Quoi qu'il en soit, dès après cette tempête, dès après les trois nuits successives qu'elle nous aura données, je quitterai cet endroit avec Irving et Charlie, s'ils veulent bien me suivre, s'ils en ont encore la force. Sinon, je les laisserai au bout du quai, d'où ils pourront guetter le retour de Harvey et Hervé. En attendant, je n'ai rien à faire que de m'abîmer dans les rafales qui balaient la surface tumultueuse du lac où se forment de magnifiques dessins, de juvéniles corps de femmes que semble vouloir ramener vers les fonds leur chevelure tressée d'algues.

~

La grève est jonchée d'épaves, de bouts de bois charriés par la tempête auxquels se sont accrochées de longues herbes brunes, pareilles à la crinière effilochée des quatre Anna. Les faibles vagues scintillant à mes pieds en apportent encore, qui viennent de l'autre côté du lac, de l'embouchure de la rivière, du remblai du barrage. J'y ai aussi trouvé, qui flottaient sur le flanc, deux oiseaux de malheur solidement accrochés à leur socle. C'était bêtise, je sais, que d'espérer l'envol de ces êtres entravés, présomption que d'espérer leur résurrection. «Les cieux des mers du Sud étaient pourtant un si beau rêve», dis-je aux oiseaux qui passent, puis j'ajoute qu'ils ne m'ont pas obéi, Harvey la buse et Hervé la nyctale, qu'ils sont restés penchés au bout du quai à chercher leur reflet, puis ont fini par basculer dans leur image, que les remous de leur plongeon ont brouillée un peu plus. Et peut-être ont-ils vu, après que se furent dissipés les bouillons provoqués par leur chute, leur image inversée sur le fond bleu du ciel, où s'esquivaient les promesses d'exil. Peut-être ont-ils pris peur en entendant les mouvements assourdis des vagues, les bruits mats des cailloux sous la masse des eaux, et ont-ils enfin déployé leurs ailes, comme de larges nageoires de poisson des tropiques, pour monter jusqu'à leur reflet.

« C'est la faute à Charlie le lapin – et j'entends Charlie le pendu nier violemment cette calomnie –, c'est la faute aux histoires », leur ai-je dit en les couchant sur le sable, où j'ai nettoyé leur chétif plumage des saletés qui s'y étaient accrochées. Puis je les ai ramenés sur le quai, mais pas trop près du bord, où les miroitements de l'eau calme pourraient les entraîner, et je suis allé chercher Irving la sarcelle et Charlie le pendu, et nous sommes restés tous les cinq au grand soleil, à surveiller Anna qui reviendrait peut-être. Nous demeurions cependant silencieux, mais je crois avoir entendu quelqu'un, au moment où la lumière entamait le dernier quart du ciel, murmurer « si peu de soleil, encore, si peu ». Ce devait être moi, puisque aucun des oiseaux ne parle plus. Après nous avons écouté le bruissement du vent dans les arbres, puis le chant des oiseaux de printemps, traversé d'un criard vol de sarcelles qui, je le jurerais, mais que vaut le serment d'un fou, a fait sourire Irving. Lorsqu'un merle enfin s'est mis à chanter juste avant la brunante, j'ai fait mes adieux à Anna, car Anna ne reviendrait pas, car Anna n'était plus, morte, noyée, enfouie sous des mètres de sable. J'ai laissé les oiseaux sous les étoiles, *star light, star bright…*, puis je suis rentré au chalet préparer ma dernière migration.

～

Quand j'ai entendu les trois coups d'Anna frappés contre la porte, j'ai su qu'il était temps. J'ai refermé le livre abandonné par Harvey près de l'âtre et je suis monté sur le banc de bois, un petit banc très simple où aucun démon ne jouit de sa déchéance. J'ai ensuite ajusté la corde installée pour Charlie le pluvier et je l'ai passée autour de mon cou, indifférent aux rayons du soleil qui tentait d'infléchir ma décision, aux piaillements des oiseaux désespérés qui tambourinaient contre la fenêtre, constellant le verre de leurs coups de bec, et qui se bousculaient pour que je les écoute, qui se bousculent encore, de plus en plus flous devant l'horizon qui se rétracte. J'entends néanmoins leurs incessants battements d'ailes, et puis leurs petites voix, assourdies par la vitre et la lenteur du temps, qui implorent Charlie de ne pas faire le fou – «des histoires d'été», supplient-ils –, ce qui me ferait m'esclaffer si je ne sentais cette pression sur ma gorge. Alors je leur souris, je leur donne un dernier sourire, le sourire de Charlie le fou, ce mystérieux rictus qui fera croire que j'ai vu Dieu. Mais y aura-t-il seulement quelqu'un pour témoigner de ce miracle ou suis-je le dernier survivant? En ce qui me concerne, il n'y a plus que néant, la terre est dévastée et je n'aurai pour me pleurer que ces quatre oiseaux déplumés qui me porteront jusqu'à la clairière de la vierge. Ils ont d'ailleurs été revêtir leurs vêtements de deuil pendant que je m'assoupissais quelques instants, et je vois se déployer les pans de leurs manteaux noirs devant la fenêtre qui s'assombrit. Mon cortège est prêt pour le grand départ et j'essaie de dire à Irving qu'il peut écrire le mot «fin» sur le sable, mais ma voix se perd dans un curieux sifflement qui est peut-être le sifflement du vent des ténèbres, car un vent s'est levé, qui fait osciller mon ombre dans le chalet, mon ombre qui s'efface, alors que se referment les larges manteaux des oiseaux. La nuit tombe avant le soleil, le vent s'adoucit d'odeurs de lilas. Je crois que je m'envole.

Épilogue
La fin du temps

Il est assis sur le flanc sud de la colline, un animal infirme qui n'a plus que trois pattes et qui hurle à la lune, un coyote à ce point âgé qu'il a oublié l'idée de mourir. Ce soir, pourtant, cette idée de la mort l'effleure devant le majestueux vol de corbeaux qui s'élance au-dessus du lac, devant l'ombre d'un homme allant et venant sur le sable, laissant derrière lui de larges empreintes, des sillons évoquant le souvenir de lointains animaux, arthropodes ou reptiles dont la terre n'a gardé que des membres épars, enfermés dans la pierre lui servant de mémoire avec la mer. Un instant l'animal rêve à la mer, puis revient aux eaux douces, où il cherche en vain l'homme, entre les bouleaux et les prêles, les bosquets desséchés, mais il n'y a plus là, est-il forcé de constater, que l'ombre épuisée d'un corps disparu, et en cela l'animal comprend que tout est terminé, que l'homme anxieux revenu depuis peu dans les bois de Trempes a décidé cette nuit d'interrompre le temps. Alors l'animal mortellement blessé descend en claudiquant de la colline et s'en va vers le lac, vers cette ombre qui s'abattra sur lui pour enfin soulager sa souffrance.

Remerciements

Je tiens d'abord à remercier trois amis : Jacques Hardy, qui a lu pour moi les premières versions de ce roman, me faisant bénéficier de ses inestimables talents de lecteur (je le remercie également de m'avoir suggéré le nom de Trempes, qui a tout de suite imprégné les lieux où se déroule l'action), Guy Leclerc, pour ses avis linguistiques toujours éclairés, puis S., enfin, qui préfère l'anonymat aux «remerciements éternels», mais dont je ne peux passer la générosité sous silence. Je veux aussi remercier mon frère Roch, que j'ai maintes fois consulté sur les mœurs des coyotes, oiseaux et autres animaux des bois.

Je tiens par ailleurs à exprimer toute ma reconnaissance au personnel des Éditions Québec Amérique et particulièrement à leur directeur littéraire, Normand de Bellefeuille, pour son œil avisé et son chaleureux accueil.

Mes remerciements vont enfin au Conseil des arts et des lettres du Québec et au Conseil des Arts du Canada, de même qu'aux membres des jurys qui m'ont accordé leur confiance.

Et puis, selon mon habitude, je ne peux m'empêcher d'avoir ici une pensée pour celui que je me plais à appeler mon coauteur, mon chat Sundae, ainsi que pour tous les animaux, Humphrey le coyote en tête, qui m'ont inspiré ce récit.

Note

Pascal Quignard attribue la citation mise en exergue à la première partie de ce roman à un «mystérieux Lecteur aux pieds nus». J'ignore où Quignard a puisé cette citation, mais je l'ai pour ma part trouvée, sous une forme légèrement différente («*Deus tenebra est in anima post omnem lucem relicta*»), dans *Le Livre des XXIV Philosophes* (anonyme, XIIIᵉ siècle, Grenoble, Millon, 1989, p. 156).

MEMBRE DE SCABRINI MEDIA

Québec, Canada
2004